一辈子率真

丰子恺 著

天地出版社 | TIANDI PRESS

图书在版编目（CIP）数据

一辈子率真 / 丰子恺著. — 成都：天地出版社，2018.10（2021年3月重印）
ISBN 978-7-5455-3953-0

Ⅰ. ①一… Ⅱ. ①丰… Ⅲ. ①散文集—中国—现代 Ⅳ. ①I266

中国版本图书馆CIP数据核字（2018）第118018号

一辈子率真
YI BEI ZI SHUAI ZHEN

出 品 人	杨　政
著　　者	丰子恺
责任编辑	张秋红
装帧设计	仙　境
责任印制	王学锋

出版发行	天地出版社 （成都市槐树街2号　邮政编码：610014）
网　　址	http://www.tiandiph.com http://www.天地出版社.com
电子邮箱	tiandicbs@vip.163.com
经　　销	新华文轩出版传媒股份有限公司

印　　刷	河北鹏润印刷有限公司
版　　次	2018年10月第1版
印　　次	2021年3月第7次印刷
成品尺寸	145mm×210mm　1/32
印　　张	8
字　　数	150千
定　　价	49.80元
书　　号	ISBN 978-7-5455-3953-0

版权所有◆违者必究

咨询电话：（028）87734639（总编室）
购书热线：（010）67693207（市场部）

如有印装错误，请与本社联系调换。

PART1　赤子之心

- 003　给我的孩子们
- 010　忆儿时
- 020　我的母亲
- 027　南颖访问记
- 036　从孩子得到的启示
- 041　华瞻的日记
- 050　儿童苦
- 055　美与同情
- 062　穷小孩的跷跷板
- 067　姓
- 071　都会之音
- 081　画友
- 087　青年与自然
- 090　青年与月
- 095　青年与花
- 101　我与手头字
- 107　取名
- 112　旧地重游

PART2　脚踏实地

121　二学生
131　看灯
136　英语教授我观
145　读书
149　野外理发处
156　立达五周年纪念感想

PART3　天马行空

163　天的文学

167　蝌蚪

179　云霓

184　标题音乐

189　热天写稿

194　养鸭

200　大艺术家的孙子做骗子

PART4　有情众生

207　劳者自歌
223　四篇短文
229　三娘娘
235　白采
238　胡桃云片
244　蜜蜂

PART1

赤子之心

家住夕陽江上邨，一彎流水繞柴門
鐘來松樹高拾屋，借与春禽養子孫

子愷

给我的孩子们

我的孩子们!我憧憬于你们的生活,每天不止一次!我想委曲地说出来,使你们自己晓得。可惜到你们懂得我的话的意思的时候,你们将不复是可以使我憧憬的人了。这是何等可悲哀的事啊!

瞻瞻!你尤其可佩服。你是身心全部公开的真人。你什么事体都想拼命地用全副精力去对付。小小的失意,像花生米翻落地了,自己嚼了舌头了,小猫不肯吃糕了,你都要哭得嘴唇翻白,昏去一两分钟。外婆普陀去烧香买回来给你的泥人,你何等鞠躬尽瘁地抱它,喂它;有一天你自己失手把它打破了,你的号哭的悲哀,比大人们的破产、失恋、broken heart、丧考妣、全军覆没的悲哀都要真切。两把芭蕉扇做的脚踏车,麻雀牌堆成的火车、汽车,你何等认真地看待,挺直了嗓子叫"汪——""咕咕咕……",来代替汽笛。宝姊姊讲故事给你听,说到"月亮姊姊挂下一只篮来,宝姊姊坐在篮里吊了上去,瞻瞻在下面看"的时候,你何等激昂地同她争,说:"瞻瞻要上去,宝姊姊在下面看!"甚至哭到漫姑面前去求审判。我每次剃了头,你真心地疑我变了和尚,好几时不要我抱。最是今年夏天,你坐在我膝上发见了我腋下的长毛,当作黄鼠狼的时候,你何等伤心,你立刻从我身上爬下去,起初眼瞪瞪地对我端详,继而大失所望地号哭,看看,哭哭,如同对被判定了死罪的亲友一样。你要我抱你到车站里去,多多益善地要买香蕉,满满地擒了两手回来,回到门口时你已经熟睡在我的肩上,手里的香蕉不知落到哪里去了。这是何等可佩服的真率、自然与热情!大人间的所谓"沉默""含蓄""深刻"的美德,比起你来,全是不自然的、病的、伪的!

你们每天做火车、做汽车、办酒、请菩萨、堆六面画、唱歌,全是自动的,创造创作的生活。大人们的呼号"归自然!""生活的艺术化!""劳动的艺术化!"在你们面前真是出丑得很

PART1 赤子之心

了！依样画几笔画，写几篇文的人称为艺术家、创作家，对你们更要愧死！

你们的创作力，比大人真是强盛得多哩。瞻瞻！你的身体不及椅子的一半，却常常要搬动它，与它一同翻倒在地；你又要把一杯茶横转来藏在抽斗里，要皮球停在壁上，要拉住火车的尾巴，要月亮出来，要天停止下雨。在这等小小的事件中，明明表示着你们的弱小的体力与智力不足以应付强盛的创作欲、表现欲的驱使，因而遭逢失败。然而你们是不受大自然的支配，不受人类社会的束缚的创造者，所以你的遭逢失败，例如火车尾巴拉不住、月亮呼不出来的时候，你们绝不承认是事实的不可能，总以为是爹爹妈妈不肯帮你们办到，同不许你们弄自鸣钟同例，所以愤愤地哭了，你们的世界何等广大！

你们一定想：终天无聊地伏在案上弄笔的爸爸，终天闷闷地坐在窗下弄引线的妈妈，是何等无气性的奇怪的动物！你们所视为奇怪动物的我与你们的母亲，有时确实难为了你们，摧残了你们，回想起来，真是不安心得很！

阿宝！有一晚你拿软软的新鞋子，和自己脚上脱下来的鞋子，给凳子的脚穿了，划袜立在地上，得意地叫"阿宝两只脚，凳子四只脚"的时候，你母亲喊着"龌龊了袜子"立刻擒你到藤榻上，动手毁坏你的创作。当你蹲在榻上注视你母亲动手毁坏的时候，你的小心里一定感到"母亲这种人，何等杀风景而野蛮"罢！

瞻瞻！有一天开明书店送了几册新出版的毛边的《音乐入门》来。我用小刀把书页一张一张地裁开来，你侧着头，站在桌边默默地看。后来我从学校回来，你已经在我的书架上拿了一本连史纸印的中国装的《楚辞》，把它裁破了十几页，得意地对我说："爸爸！瞻瞻也会裁了！"瞻瞻！这在你原是何等成功的欢喜，何等得意的作品！却被我一个惊骇的"哼！"字喊得你哭了。那时候你也一定抱怨"爸爸何等不明"罢！

软软！你常常要弄我的长锋羊毫，我看见了总是无情地夺脱你。现在你一定轻视我，想道："你终于要我画你的画集的封面！"最不安心的，是有时我还要拉一个你们所最怕的陆露沙医生来，叫他用他的大手来摸你们的肚子，甚至用刀来在你们臂上割几下，还要叫妈妈和漫姑擒住了你们的手脚，捏住了你们的鼻子，把很苦的水灌到你们的嘴里去。这在你们一定认为是太惨无人道的野蛮举动罢!

孩子们!你们果真抱怨我,我倒欢喜;到你们的抱怨变为感激的时候,我的悲哀来了!

我在世间,永没有逢到像你们这样出肺肝相示的人。世间的人群结合,永没有像你们这样的彻底的真实而纯洁。最是我到上海去干了无聊的所谓"事"回来,或者去同不相干的人们做了叫做"上课"的一种把戏回来,你们在门口或车站旁边等我的时候,我心中何等惭愧又欢喜!惭愧我为什么去做这等无聊的事,欢喜我又得暂时放怀一切地加入你们的真生活的团体。

但是,你们的黄金时代有限,现实终于要暴露的。这是我经验过来的情形,也是大人们谁也经验过的情形。我眼看见儿时的伴侣中的英雄、好汉,一个个退缩、顺从、妥协、屈服起来,到像绵羊的地步。我自己也是如此。"后之视今,亦犹今之视昔",你们不久也要走这条路呢!

我的孩子们!憧憬于你们的生活的我,痴心要为你们永远挽留这黄金时代在这册子里。然这真不过像"蜘蛛网落花",

略微保留一点春的痕迹而已。且到你们懂得我这片心情的时候,你们早已不是这样的人,我的画在世间已无可印证了!这是何等可悲哀的事啊!

忆儿时①

一

我回忆儿时,有三件不能忘却的事。

第一件是养蚕。那是我五六岁时、我祖母在日的事。我祖母是一个豪爽而善于享乐的人,良辰佳节不肯轻轻放过。养蚕也每年大规模地举行。其实,我长大后才晓得,祖母的养蚕并非专为图利,叶贵的年头常要蚀本,然而她喜欢这暮春的点缀,故每年大规模地举行。我所喜欢的,最初是蚕落地铺。那时我们的三开间的厅上、地上统是蚕,架着经纬的跳板,以便

---

① 本篇曾载1927年6月10日《小说月报》第18卷第6号。——编者注

通行及饲叶。蒋五伯挑了担到地里去采叶,我与诸姐跟了去,去吃桑葚。蚕落地铺的时候,桑葚已很紫而甜了,比杨梅好吃得多。我们吃饱之后,又用一张大叶做一只碗,采了一碗桑葚,跟了蒋五伯回来。蒋五伯饲蚕,我就以走跳板为戏乐,常常失足翻落地铺里,压死许多蚕宝宝,祖母忙喊蒋五伯抱我起来,不许我再走。然而这满屋的跳板,像棋盘街一样,又很低,走起来一点也不怕,真是有趣。这真是一年一度的难得的乐事!所以虽然祖母禁止,我总是每天要去走。

蚕上山之后,全家静默守护,那时不许小孩子们吵了,我暂时感到沉闷。然而过了几天,采茧,做丝,热闹的空气又浓起来了。我们每年照例请牛桥头七娘娘来做丝。蒋五伯每天买枇杷和软糕来给采茧、做丝、烧火的人吃。大家认为现在是辛苦而有希望的时候,应该享受这点心,都不客气地取食。我也无功受禄地天天吃多量的枇杷与软糕,这又是乐事。

七娘娘做丝休息的时候,捧了水烟筒,伸出她左手上的短少半段的小指给我看,对我说:做丝的时候,丝车后面,是万万不可走近去的。她的小指,便是小时候不留心被丝车轴棒轧脱的。她又说:"小囡囡不可走近丝车后面去,只管坐在我身旁,吃枇杷,吃软糕。还有做丝做出来的蚕蛹,叫妈妈油炒一炒,真好吃哩!"然而我始终不要吃蚕蛹,大概是我爸爸和诸姐都不要吃的原故。我所乐的,只是那时候家里的非常的空气。日常固定不动的堂窗、长台、八仙椅子,都收拾去,而变成不常见的丝车、匾、缸。又不断地公然地可以吃小食。

丝做好后,蒋五伯口中唱着"要吃枇杷,来年蚕罢",收拾丝车,恢复一切陈设。我感到一种兴尽的寂寥。然而对于这种变换,倒也觉得新奇而有趣。

现在我回忆这儿时的事,常常使我神往!祖母、蒋五伯、七娘娘和诸姐都像童话里、戏剧里的人物了。且在我看来,他们当时这剧的主人公便是我。何等甜美的回忆!只是这剧的题材,现在我仔细想想觉得不好:养蚕做丝,在生计上原是幸福的,然其本身是数万的生灵的杀虐!《西青散记》里面有两句仙人的诗句:"自织藕丝衫子嫩,可怜辛苦赦春蚕。"安得人间也发明织藕丝的丝车,而尽赦天下的春蚕的性命!

我七岁上祖母死了[①],我家不复养蚕。不久父亲与诸姐弟相继死亡,家道衰落了,我的幸福的儿时也过去了。因此这回

---

① 作者祖母卒于1902年5月,当时作者五岁。——编者注

忆一面使我永远神往，一面又使我永远忏悔。

二

第二件不能忘却的事，是父亲的中秋赏月，而赏月之乐的中心，在于吃蟹。

我的父亲中了举人之后，科举就废，他无事在家，每天吃酒，看书。他不要吃羊、牛、猪肉，而喜欢吃鱼、虾之类。而对于蟹，尤其喜欢。自七八月起直到冬天，父亲平日的晚酌规定吃一只蟹，一碗隔壁豆腐店里买来的开锅热豆腐干。他的晚酌，时间总在黄昏。八仙桌上一盏洋油灯，一把紫砂酒壶，一只盛热豆腐干的碎瓷盖碗，一把水烟筒，一本书，桌子角上一只端坐的老猫，我脑中这印象非常深刻，到现在还可以清楚地浮现出来。我在旁边看，有时他给我一只蟹脚或半块豆腐干。然我喜欢蟹脚。蟹的味道真好，我们五个姊妹兄弟，都喜欢吃，也是为了父亲喜欢吃的原故。只有母亲与我们相反，喜欢吃肉，而不喜欢又不会吃蟹，吃的时候常常被蟹螯上的刺刺开手指，出血；而且抉剔得很不干净，父亲常常说她是外行。父亲说：吃蟹是风雅的事，吃法也要内行才懂得。先折蟹脚，后开蟹斗……脚上的拳头（即关节）里的肉怎样可以吃干净，脐里的肉怎样可以剔出……脚爪可以当作剔肉的针……蟹螯上的骨头可以拼成一只很好看的蝴蝶……父亲吃蟹真是内行，吃得非常干净。所以陈妈妈说："老爷吃下来的蟹壳，真是蟹壳。"

蟹的储藏所，就在天井角落里的缸里，经常总养着十来只。到了七夕、七月半、中秋、重阳等节候上，缸里的蟹就满了，那时我们都有得吃，而且每人得吃一大只，或一只半。尤其是中秋一天，兴致更浓。在深黄昏，移桌子到隔壁的白场[①] 上的月光下面去吃。更深人静，明月底下只有我们一家的人，恰好围成一桌，此外只有一个供差使的红英坐在旁边。大家谈笑，看月亮，他们——父亲和诸姐——直到月落时光，我则半途睡去，与父亲和诸姐不分而散。

这原是为了父亲嗜蟹，以吃蟹为中心而举行的。故这种夜宴，不仅限于中秋，有蟹的节季里的月夜，无端也要举行数次。不过不是良辰佳节，我们少吃一点，有时两人分吃一只。

---

① 白场，作者家乡话，意即场地。——编者注

我们都学父亲，剥得很精细，剥出来的肉不是立刻吃的，都积在蟹斗里，剥完之后，放一点姜醋，拌一拌，就作为下饭的菜，此外没有别的菜了。因为父亲吃菜是很省的，而且他说蟹是至味，吃蟹时混吃别的菜肴，是乏味的。我们也学他，半蟹斗的蟹肉，过两碗饭还有余，就可得父亲的称赞，又可以白口吃下余多的蟹肉，所以大家都勉励节省。现在回想那时候，半条蟹腿肉要过两大口饭，这滋味真好！自父亲死了以后，我不曾再尝这种好滋味。现在，我已经自己做父亲，况且已经茹素，当然永远不会再尝这滋味了。唉！儿时欢乐，何等使我神往！

然而这一剧的题材，仍是生灵的杀虐！因此这回忆一面使我永远神往，一面又使我永远忏悔。

三

第三件不能忘却的事，是与隔壁豆腐店里的王囡囡的交游，而这交游的中心，在于钓鱼。

那是我十二三岁时的事,隔壁豆腐店里的王囡囡是当时我的小侣伴中的大阿哥。他是独子,他的母亲、祖母和大伯,都很疼爱他,给他很多的钱和玩具,而且每天放任他在外游玩。他家与我家贴邻而居。我家的人们每天赴市,必须经过他家的豆腐店的门口,两家的人们朝夕相见,互相来往。小孩们也朝夕相见,互相来往。此外他家对于我家似乎还有一种邻人以上的深切的交谊,故他家的人对于我特别要好,他的祖母常常拿自产的豆腐干、豆腐衣等来送给我父亲下酒。同时在小侣伴中,王囡囡也特别和我要好。他的年纪比我大,气力比我好,生活比我丰富,我们一道游玩的时候,他时时引导我,照顾我,犹似长兄对于幼弟。我们有时就在我家的染坊店里的榻上玩耍,有时相偕出游。他的祖母每次看见我俩一同玩耍,必叮嘱囡囡好好看待我,勿要相骂。我听人说,他家似乎曾经患难,而我父亲曾经帮他们忙,所以他家大人们吩咐王囡囡照应我。

我起初不会钓鱼,是王囡囡教我的。他叫他大伯买两副钓竿,一副送我,一副他自己用。他到米桶里去捉许多米虫,浸在盛水的罐头里,领了我到木场桥头去钓鱼。他教给我看,先捉起一个米虫来,把钓钩由虫尾穿进,直穿到头部。然后放下水去。他又说："浮珠一动，你要立刻拉，那么钩子钩住鱼的颚，鱼就逃不脱。"我照他所教的试验，果然第一天钓了十几头白条，然而都是他帮我拉钓竿的。

第二天，他手里拿了半罐头扑杀的苍蝇，又来约我去钓鱼。途中他对我说："不一定是米虫，用苍蝇钓鱼更好。鱼喜欢吃苍蝇！"这一天我们钓了一小桶各种的鱼。回家的时候，他把鱼桶送到我家里，说他不要。我母亲就叫红英去煎一煎，给我下晚饭。

自此以后，我只管欢喜钓鱼。不一定要王囡囡陪去，自己一人也去钓，又学得了掘蚯蚓来钓鱼的方法。而且钓来的鱼，不仅够自己下晚饭，还可送给店里的人吃，或给猫吃。我记得这时候我的热心钓鱼，不仅出于游戏欲，又有几分功利的兴味在内。有三四个夏季，我热心于钓鱼，给母亲省了不少的菜蔬钱。

后来我长大了，赴他乡入学，不复有钓鱼的工夫。但在书中常常读到赞咏钓鱼的文句，例如什么"独钓寒江雪"，什么"渔樵度此身"，才知道钓鱼原来是很风雅的事。后来又晓得有所谓"游钓之地"的美名称,是形容人的故乡的。我大受其煽惑,为之大发牢骚:我想"钓鱼确是雅的,我的故乡,确是我的游钓之地,确是可怀的故乡"。但是现在想想,不幸而这题材也是生灵的杀虐!

我的黄金时代很短,可怀念的又只有这三件事。不幸而都是杀生取乐,都使我永远忏悔。

子規啼徹四更時
起視蠶稠怕葉稀
不信樓頭楊柳月
玉人歌舞未曾歸

我的母亲[1]

中国文化馆要我写一篇《我的母亲》,并寄我母亲的照片一张。照片我有一张四寸的肖像,一向挂在我的书桌的对面。已有放大的挂在堂上,这一张小的不妨送人。但是《我的母亲》一文从何处说起呢?看看母亲的肖像,想起了母亲的坐姿。母亲生前没有摄取坐像的照片,但这姿态清楚地摄入在我脑海中的底片上,不过没有晒出。现在就用笔墨代替显影液和定影液,把我母亲的坐像晒出来吧:

我的母亲坐在我家老屋的西北角[2]里的八仙椅子上,眼睛里发出严肃的光辉,口角上表出慈爱的笑容。

---

[1] 本篇曾收入1948年9月1日中国文化馆香港分馆出版的《我的母亲》一书中。——编者注
[2] 老屋不是朝南而是朝东的,所以西北角应作西南角。——编者注

PART1 赤子之心

　　老屋的西北角里的八仙椅子,是母亲的老位子。从我小时候直到她逝世前数月,母亲空下来总是坐在这把椅子上,这是很不舒服的一个座位:我家的老屋是一所三开间的楼厅,右边是我的堂兄家,左边一间是我的堂叔家,中央一间是我家。但是没有板壁隔开,只拿在左右的两排八仙椅子当作三份人家的界限。所以母亲坐的椅子,背后凌空。若是沙发椅子,三面有柔软的厚壁,凌空原无妨碍。但我家的八仙椅子是木造的,坐板和靠背成九十度角,靠背只是疏疏的几根木条,其高只及人的肩膀。母亲坐着没处搁头,很不安稳。母亲又防椅子的脚摆在泥土上要霉烂,用二三寸高的木座子衬在椅子脚下,因此这只八仙椅子特别高,母亲坐上去两脚须得挂空,很不便利。所谓西北角,就是左边最里面的一只椅子。这椅子的里面就是通过退堂的门。退堂里就是灶间。母亲坐在椅子上向里面顾,可以看见灶头。风从里面吹出的时候,烟灰和油气都吹在母亲身上,很不卫生。堂前隔着三四尺阔的一条天井便是墙门。墙外面便是我们的染坊店。母亲坐在椅子里向外面望,可以看见杂沓往来的顾客,听到沸反盈天的市井声,很不清静。但我的母亲一向坐在我家老屋西北角里的这样不安稳,不便利,不卫生,不清静的一只八仙椅子上,眼睛发出严肃的光辉,口角上表出慈爱的笑容。母亲为什么老是坐在这样不舒服的椅子里呢?因为这位子在我家中最为冲要。母亲坐在这位子里可以顾到灶上,又可以顾到店里。母亲为要兼顾内外,便顾不到座位的安稳不安稳,便利不便利,卫生不卫生,和清静不清静了。

我四岁时,父亲中了举人①,同年祖母逝世,父亲丁艰在家,郁郁不乐,以诗酒自娱,不管家事,丁艰终而科举废,父亲就从此隐遁。这期间家事店事,内外都归母亲一人兼理。我从书堂出来,照例走向坐在西北角里的椅子上的母亲的身边,向她讨点东西吃吃。母亲口角上表出亲爱的笑容,伸手除下挂在椅子头顶的"饿杀猫篮"②,拿起饼饵给我吃;同时眼睛里发出严肃的光辉,给我几句勉励。

我九岁的时候,父亲遗下了母亲和我们姐弟六人,薄田数亩和染坊店一间而逝世。我家内外一切责任全部归母

---

① 丰鐄于1902年中举,1906年病逝。如按虚岁,作者在1902年应为五岁。后面的九岁也是虚岁。——编者注

② 饿杀猫篮,一种用细篾制成的、四周有孔的、通风的有盖竹篮,菜碗放此篮中,猫吃不到,故名。——编者注

亲负担。此后她坐在那椅子上的时间愈加多了。工人们常来坐在里面的凳子上，同母亲谈家事；店伙们常来坐在外面的椅子上，同母亲谈店事；父亲的朋友和亲戚邻人常来坐在对面的椅子上，同母亲交涉或应酬。我从学堂里放假回家，又照例走向西北角里的椅子边，同母亲讨个铜板。有时这四班人同时来到，使得母亲招架不住，于是她用了眼睛的严肃的光辉来命令，警戒，或交涉；同时又用了口角上的慈爱的笑容来劝勉，抚爱，或应酬。当时的我看惯了这种光景，以为母亲是天生坐在这只椅子上的，而且天生有四班人向她缠绕不清的。

我十七岁离开母亲，到远方求学。临行的时候，母亲眼睛里发出严肃的光辉，诫告我待人接物求学立身的大道；口角上表出慈爱的笑容，关照我起居饮食一切的细事。她给我准备学费，她给我置备行李，她给我制一罐猪油炒米粉，放在我的网篮里；她给我做一个小线板，上面插两只引线放在我的箱子里，然后送我出门。放假归来的时候，我一进店门，就望见母亲坐在西北角里的八仙椅子上。她欢迎我归家，口角上表出慈爱的笑容，她探问我的学业，眼睛里发出严肃的光辉。晚上她亲自上灶，烧些我所爱吃的菜蔬给我吃，灯下她详询我的学校

生活，加以勉励，教训，或责备。

我廿二岁毕业后，赴远方服务，不克依居母亲膝下，唯假期归省。每次归家，依然看见母亲坐在西北角里的椅子上，眼睛里发出严肃的光辉，口角上表现出慈爱的笑容。她像贤主一般招待我，又像良师一般教训我。

我三十岁时，弃职归家，读书著述奉母。母亲还是每天坐在西北角里的八仙椅子上，眼睛里发出严肃的光辉，口角上表出慈爱的笑容。只是她的头发已由灰白渐渐转成银白了。

我三十三岁时，母亲逝世。我家老屋西北角里的八仙椅子上，从此不再有我母亲坐着了。然而我每逢看见这只椅子的时候，脑际一定浮出母亲的坐像——眼睛里发出严肃的光辉，口角上表出慈爱的笑容。她是我的母亲，同时又是我的父亲。她以一身任严父兼慈母之职而训诲我抚养我，从我呱呱坠地的时候直到三十三岁，不，直到现在。陶渊明诗云："昔闻长者言，掩耳每不喜。"我也犯这个毛病；我曾经全部接受了母亲的慈爱，但不会全部接受她的训诲。所以现在我每次在想象中瞻望母亲的坐像，对于她口角上的慈爱的笑容觉得十分感谢，对于她眼睛里的严肃的光辉，觉得十分恐惧。这光辉每次给我以深刻的警惕和有力的勉励。

南颖访问记

南颖是我的长男华瞻的女儿。七月初有一天晚上，华瞻从江湾的小家庭来电话，说保姆突然走了，他和志蓉两人都忙于教课，早出晚归，这个刚满一岁的婴孩无人照顾，当夜要送到这里来交祖父母暂管。我们当然欢迎。深黄昏，一辆小汽车载了南颖和他父母到达我家，住在三楼上。华瞻和志蓉有时晚上回来伴她宿；有时为上早课，就宿在江湾，这里由我家的保姆英娥伴她睡。

第二天早上，我看见英娥抱着这婴孩，教她叫声公公。但她只是对我看看，毫无表情。我也毫不注意，因为她不会讲话，不会走路，也不哭，家里仿佛新买了一个大洋囡囡，并不觉得添了人口。

　　大约默默地过了两个月，我在楼上工作，渐渐听见南颖的哭声和学语声了。她最初会说的一句话是"阿姨"。这是对英娥有所要求时叫出的。但是后来发音渐加变化："阿呀。""阿咦。""阿也。"这就变成了欲望不满足时的抗议声。譬如她指着扶梯要上楼，或者指着门要到街上去，而大人不肯抱她上来或出去，她就大喊"阿呀！阿呀！"语气中仿佛表示："阿呀！这一点要求也不答应我！"

　　第二句会说的话是"公公"。然而也许是"咯咯"，就是鸡。因为阿姨常常抱她到外面去看邻家的鸡，她已经学会"咯咯"这句话。后来教她叫"公公"，她不会发鼻音，也叫"咯咯"；大人们主观地认为她是叫"公公"，欢欣地宣传："南颖会叫公公了！"我也主观地高兴，每次看见了，一定抱抱她，体验着古人"含饴弄孙"之趣。然而我知道南颖心里一定感到诧异："一只鸡和一个出胡须的老人，都叫做'咯咯'，人的语言真奇怪！"

　　此后她的语汇逐渐丰富起来：看见祖母会叫"阿婆"；

看见鸭会叫"Ga——Ga";看见挤乳的马会叫"马马";要求上楼时会叫"尤尤"(楼楼);要求出外时会叫"外外";看见邻家的女孩子会叫"几几"(姊姊)。从此我逐渐亲近她,常常把她放在膝上,用废纸画她所见过的各种东西给她看,或者在画册上教她认识各种东西。她对平面形象相当敏感:如果一幅大画里藏着一只鸡或一只鸭,她会找出来,叫"咯咯""Ga——Ga"。她要求很多,意见很多;然而发声器官尚未发达,无法表达她的思想,只能用"嗯,嗯,嗯,嗯"或哭来代替言语。有一次她指着我案上的文具连叫"嗯,嗯,嗯,嗯"。我知道她是要那支花铅笔,就对她说:"要笔,是不是?"她不嗯了,表示是。我就把花铅笔拿给她,同时教她:"说'笔'!"她的嘴唇动动,笑笑,仿佛在说:"我原想说'笔',可是我的嘴巴不听话呀!"

在这期间,南颖会自己走路了。起初扶着凳子或墙壁,后来完全独步了;同时要求越多,意见越多了。她欣赏我的手杖,称它为"都都"。因为她看见我常常拿着手杖上车子去开会,而车子叫"都都",因此手杖也就叫"都都"。她要求我左手抱了她,右手拿着拐杖走路。更进一步,要求我这样地上街去买花。这种事我不胜任，照理应该拒绝。然而我这时候自己已经化作了小孩，觉得这确有意思，就鼓足干劲，一手抱着孩子，一手拿着拐杖，走出里门，在人行道上慢慢地踱步。有一个路人向我注视了一会，笑问："老伯伯，你抱得动么？"我这才觉悟了我的姿态的奇特：凡拿手杖，总是无力担负自己的身体，所以叫手杖扶助的；可是现在我左手里却抱着一个十五六个月的小孩！这矛盾岂不可笑？

她寄居我家一共五个多月。前两个多月像洋囡囡一般无声无息；可是后三个多月她的智力迅速发达，眼见得由洋囡囡变成了一个人，一个全新的人。一切生活在她都是初次经验，一切人事在她都觉得新奇。记得《西青散记》的序言中说："予初生时，怖夫天之乍明乍暗，家人曰：昼夜也。怪夫人之乍有乍无，家人曰：生死也。"南颖此时的观感正是如此。在六十多年前，我也曾有过这种观感。然而六十多年的世智尘劳早已把它磨灭殆尽，现在只剩得依稀仿佛的痕迹了。由于接近南颖，我获得了重温远昔旧梦的机会，瞥见了我的人生本来面目。有时我屏绝思虑，注视着她那天真烂漫的脸，心情就会迅速地退回到六十多年前的儿时，尝到人生的本来滋味。这是最深切的

PART1 赤子之心

一种幸福，现在只有南颖能够给我。

三个多月以来我一直照管她，她也最亲近我。虽然为她相当劳瘁，但是她给我的幸福足可以抵偿。她往往不讲情理，恣意要求。例如当我正在吃饭的时候定要我抱她到"尤尤"去；深夜醒来的时候放声大哭，要求到"外外"去。然而越是恣意，越是天真，越是明显地衬托出世间大人们的虚矫，越是使我感动。所以华瞻在江湾找到了更宽敞的房屋，请到了保姆，要接她回去的时候，我心中发生了一种矛盾：在理智上乐愿她回到父母的新居，但在感情上却深深地对她惜别，从此家里没有了生气蓬勃的南颖，只得像杜甫所说"寂寞养残生"了。那一天他们准备十点钟动身，我在九点半钟就悄悄地拿了我的"都都"，出门去了。

我十一点钟回家，家人已经把壁上所有为南颖作的画揭去，把所有的玩具收藏好，免得我见物怀人。其实不必如此，因为这毕竟是"欢乐的别离"；况且江湾离此只有一小时的旅程，今后可以时常来往。不过她去后，我闲时总要想念她。并不是想她回来，却是想她作何感想。十七八个月的小孩，不知道世间有"家庭""迁居""往来"等事。她在这里由洋囡囡变成人,在这里开始有知识;对这里的人物、房屋、家具、环境已经熟悉。她的心中已经肯定这里是她的家了。忽然大人们用车子把她载到另一个地方,这地方除了过去晚上有时看到的父母之外,保姆、房屋、家具、环境都是陌生的。"一向熟悉的公公、阿婆、阿姨哪里去了?一向熟悉的那间屋子哪里去了?一向熟悉的门巷和街道哪里去了?这些人物和环境是否永远没有了?"她的小头脑里一定发生这些疑问。然而无人能替她解答。

我想用事实来替她证明我们的存在,在她迁去后一星期,到江湾去访问她。坐了一小时的汽车,来到她家门前。一间精小的东洋式住宅门口,新保姆抱着她在迎接我。南颖向我凝视片刻,就要我抱,看看我手里的"都都"。然而目光呆滞,脸无笑容,很久默默不语,显然表示惊奇和怀疑。我推测她的小心里正在想:"原来这个人还在。怎么在这里出现?那间屋子存在不存在?阿婆、阿姨和'几几'存在不存在?"我要引起她回忆,故意对她说:"尤尤。""公公,都都,外外,买花花。"

她的目光更加呆滞了,表情更加严肃了,默默无言了很久。我想这时候她的小心境中大概显出两种情景。其一是:走上楼梯，书桌上有她所见惯的画册、笔砚、烟灰缸、茶杯；抽斗里有她所玩惯的显微镜、颜料瓶、图章、打火机；四周有特地为她画的小图画。其二是：电车道旁边的一家鲜花店、一个满面笑容的卖花人和红红绿绿的许多花；她的小手手拿了其中的几朵，由公公抱回家里，插在茶几上的花瓶里。但不知道这时候她心中除了惊疑之外，是喜是悲，是怒是慕。

我在她家逗留了大半天，乘她沉沉欲睡的时候悄悄地离去。她照旧依恋我。这依恋一方面使我高兴，另一方面又使我惆怅：她从热闹的都市里被带到这幽静的郊区，笼闭在这沉寂的精舍里，已经一个星期，可能尘心渐定。今天我去看她，这昙花一现，会不会促使她怀旧而增长她的疑窦？我希望不久迎她到这里来住几天，再用事实来给她证明她的旧居的存在。

努力惜春華

从孩子得到的启示

晚上喝了三杯老酒,不想看书,也不想睡觉,捉一个四岁的孩子华瞻来骑在膝上,同他寻开心。我随口问:"你最喜欢什么事?"

他仰起头一想,率然地回答:"逃难。"

我倒有点奇怪"逃难"两字的意义,在他不会懂得,为什么偏偏选择它?倘然懂得,更不应该喜欢了。我就设法探问他:"你晓得逃难就是什么?"

"就是爸爸、妈妈、宝姐姐、软软……娘姨,大家坐汽车,去看大轮船。"

PART1 赤子之心

啊！原来他的"逃难"的观念是这样的！他所见的"逃难"，是"逃难"的这一面！这真是最可喜欢的事！

一个月以前，上海还属孙传芳的时代，国民革命军将到上海的消息日紧一日，素不看报的我，这时候也订一份《时事新报》，每天早晨看一遍。有一天，我正在看昨天的旧报，等候今天的新报的时候，忽然上海方面枪炮声响了，大家惊惶失色，立刻约了邻人，扶老携幼地逃到附近江湾车站对面的妇孺救济会里去躲避。其实倘然此地果真进了战线，或到了败兵，妇孺救济会也是不能救济的。不过当时张皇失措，有人提议这办法，大家就假定它为安全地带，逃了进去。那里面地方很大，有花园、假山、小川、亭台、曲栏、长廊、花树、白鸽，孩子一进去，登临盘桓，快乐得如入新天地了。忽然兵车在墙外过，上海方面的机关枪声、炮声，愈响愈近，又愈密了。大家坐定之后，听听，想想，方才觉得这里也不是安全地带，当初不过是自骗罢了。有决断的人先出来雇汽车逃往租界。每走出一批人，留在里面的人增一次恐慌。我们集合邻人来商议，也决定出来雇汽车，逃到杨树浦的沪江大学。于是立刻把小孩子们从假山中、栏杆内捉出来，装进汽车里，飞奔杨树浦了。

所以决定逃到沪江大学者,因为一则有邻人与该校熟识,二则该校是外国人办的学校,较为安全可靠。枪炮声渐渐远弱,到听不见了的时候,我们的汽车已到沪江大学。他们安排一个房间给我们住,又为我们代办膳食。傍晚,我坐在校旁的黄浦江边的青草堤上,怅望云水遥忆故居的时候,许多小孩子采花、卧草,争看无数的帆船、轮船的驶行,又是快乐得如入新天地了。

次日,我同一邻人步行到故居来探听情形的时候,青天白日的旗子已经招展在晨风中,人人面有喜色,似乎从此可庆承平了。我们就雇汽车去迎回避难的眷属,重开我们的窗户,恢复我们的生活。从此"逃难"两字就变成家人的谈话的资料。

这是"逃难"。这是多么惊慌、紧张而忧患的一种经历!然而人物一无损丧,只是一次虚惊;过后回想,这回好似全家的人突发地出门游览两天。我想假如我是预言者,晓得这是虚惊,我在逃难的时候将何等有趣!素来难得全家出游的机会,素来少有坐汽车、游览、参观的机会。那一天不论时,不论钱,浪漫地、豪爽地、痛快地举行这游历,实在是人生难得的快事!只有小孩子真果感得这快味!他们逃难回来以后,常常拿香烟簏子来叠作栏杆、小桥、汽车、轮船、帆船;常常问我关于轮船、帆船的事；墙壁上及门上又常常有有色粉笔画的轮船、帆船、亭子、石桥的壁画出现。可见这"逃难"在他们脑中有难忘的欢乐的印象。所以今晚我无端地问华瞻最喜欢什么事，他立刻选定这"逃难"。原来他所见的，是"逃难"的这一面。

不止这一端：我们所打算、计较、争夺的洋钱，在他们看来个个是白银的浮雕的胸章；仆仆奔走的行人，扰扰攘攘的社会，在他们看来都是无目的地在游戏、在演剧；一切建设，一切现象，在他们看来都是大自然的点缀、装饰。

唉！我今晚受了这孩子的启示：他能撤去世间事物的因果关系的网，看见事物的本身的真相。我在世智尘劳的现实生活中，也应该懂得这撤网的方法，暂时看看事物本身的真相。唉，我要从他学习！

火田燹子 子愷畫

华瞻的日记[1]

一

隔壁二十三号里的郑德菱,这人真好!今天妈妈抱我到门口,我看见她在水门汀上骑竹马。她对我一笑,我分明看出这一笑是叫我去一同骑竹马的意思。我立刻还她一笑,表示我极愿意,就从母亲怀里走下来,和她一同骑竹马了。两人同骑一枝竹马,我想转弯了,她也同意;我想走远一点,她也欢喜;她说让马儿吃点草,我也高兴;她说把马儿系在冬青上,我也觉得有理。我们真是同志的朋友!兴味正好的时候,妈妈出来

[1] 本篇曾载《小说月报》1927年6月10日第18卷第6号。——编者注

拉住我的手,叫我去吃饭。我说:"不高兴。"妈妈说:"郑德菱也要去吃饭了!"果然郑德菱的哥哥叫着"德菱!"也走出来拉住郑德菱的手去了。我只得跟了妈妈进去。当我们将走进各自的门口的时候,她回头向我一看,我也回头向她一看,各自进去,不见了。

我实在无心吃饭。我晓得她一定也无心吃饭。不然,何以分别的时候她不对我笑,而且脸上很不高兴呢?我同她在一块,真是说不出的有趣。吃饭何必急急?即使要吃,尽可在空的时候吃。其实照我想来,像我们这样的同志,天天在一块吃饭,在一块睡觉,多好呢?何必分作两家?即使要分作两家,反正爸爸同郑德菱的爸爸很要好,妈妈也同郑德菱的妈妈常常谈笑,尽可你们大人作一块,我们小孩子作一块,不更好吗?

这"家"的分配法,不知是谁定的,真是无理之极了。想来总是大人们弄出来的。大人们的无理,近来我常常感到,不止这一端:那一天爸爸同我到先施公司去,我看见地上放着许多小汽车、小脚踏车,这分明是我们小孩子用的;但是爸爸一定不肯给我拿一部回家,让它许多空摆在那里。回来的时候,我看见许多汽车停在路旁；我要坐，爸爸一定不给我坐，让它们空停在路旁。又有一次，娘姨抱我到街里去，一个掮着许多小花篮的老太婆，口中吹着笛子，手里拿着一只小花篮，向我看，把手中的花篮递给我；然而娘姨一定不要，急忙抱我走开去。这种小花篮，原是小孩子玩的，况且那老太婆明明表示愿意给我，娘姨何以一定叫我不要接呢？娘姨也无理，这大概是爸爸教她的。

我最欢喜郑德菱。她同我站在地上一样高，走路也一样快，心情志趣都完全投合。宝姐姐或郑德菱的哥哥，有些不近情的态度，我看他们不懂。大概是他们身体长大，稍近于大人，所以心情也稍像大人的无理了。宝姐姐常常要说我"痴"。我对爸爸说，要天不下雨，好让郑德菱出来，宝姐姐就用指点着我，说："瞻瞻痴！"怎么叫"痴"？你每天不来同我玩耍，夹了书包到学校里去，难道不是"痴"吗？爸爸整天坐在桌子前，在文章格子上一格一格地填字，难道不是"痴"吗？天下雨，不能出去玩，不是讨厌的吗？我要天不要下雨，正是近情合理的要求。我每天晚快听见你要爸爸开电灯，爸爸给你开了，满房间就明亮；现在我也要爸爸

叫天不下雨,爸爸给我做了,晴天岂不也爽快呢?你何以说我"痴"?郑德菱的哥哥虽然没有说我什么,然而我总讨厌他。我们玩耍的时候,他常常板起脸,来拉郑德菱,说"赤了脚到人家家里,不怕难为情!"又说"吃人家的面包,不怕难为情!"立刻拉了她去。"难为情"是大人们惯说的话,大人们常常不怕厌气,端坐在椅子里,点头,弯腰,说什么"请,请""对不起""难为情"一类的无聊的话。他们都有点像大人了!

啊!我很少知己!我很寂寞!母亲常常说我"会哭",我哪得不哭呢?

二

今天我看见一种奇怪的现状:

吃过糖粥,妈妈抱我走到吃饭间里的时候,我看见爸爸身上披一块大白布,垂头丧气地朝外坐在椅子上,一个穿黑长衫的麻脸的陌生人,拿一把闪亮的小刀,竟在爸爸后头颈里用劲地割。啊哟!这是何等奇怪的现状!大人们的所为,真是越看越稀奇了!爸爸何以甘心被这麻脸的陌生人割呢?痛不痛呢?

更可怪的,妈妈抱我走到吃饭间里的时候,她明明也看见这爸爸被割的骇人的现状。然而她竟毫不介意,同没有看见一样。宝姐姐夹了书包从天井里走进来,我想她见了一定要哭。谁知她只叫一声"爸爸",向那可怕的麻子一看,就全不经意地到房间里去挂书包了。前天爸爸自己把手指割开了,他不是大叫"妈妈",立刻去拿棉花和纱布来吗?今天这可怕的麻子咬紧了牙齿割爸爸的头,何以妈妈和宝姐姐都不管呢?我真不解了。可恶的,是那麻子。他耳朵上还夹着一支香烟,同爸爸夹铅笔一样。他一定是没有铅笔的人,一定是坏人。

后来爸爸挺起眼睛叫我:"华瞻,你也来剃头,好否?"

爸爸叫过之后,那麻子就抬起头来,向我一看,露出一颗闪亮的金牙齿来。我不懂爸爸的话是什么意思,我真怕极了。

我忍不住抱住妈妈的项颈而哭了。这时候妈妈、爸爸和那个麻子说了许多话,我都听不清楚,又不懂。只听见"剃头""剃头",不知是什么意思。我哭了,妈妈就抱我由天井里走出门外。走到门边的时候,我偷眼向里边一望,从窗缝窥见那麻子又咬紧牙齿,在割爸爸的耳朵了。

门外有学生在抛球,有兵在体操,有火车开过。妈妈叫我不要哭,叫我看火车。我悬念着门内的怪事,没心情去看风景,只是凭在妈妈的肩上。

我恨那麻子,这一定不是好人。我想对妈妈说,拿棒去打他。然而我终于不说。因为据我的经验,大人们的意见往往与我相左。他们往往不讲道理,硬要我吃最不好吃的"药",硬要我做最难当的"洗脸",或坚不许我弄最有趣的水、最好看的火。今天的怪事,他们对之都漠然,意见一定又是与我相左的。我若提议去打,一定不被赞成。横竖拗不过他们,算了罢。我只有哭!最可怪的,平常同情于我的弄水弄火的宝姐姐,今天也跳出门来笑我,跟了妈妈说我"痴子"。我只有独自哭!有谁同情于我的哭呢?

PART1 赤子之心

到妈妈抱了我回来的时候,我才仰起头,预备再看一看,这怪事怎么样了?那可恶的麻子还在否?谁知一跨进墙门槛,就听见"拍,拍"的声音。走进吃饭间,我看见那麻子正用拳头打爸爸的背。"拍,拍"的声音,正是打的声音。可见他一定是用力打的,爸爸一定很痛。然而爸爸何以任他打呢?妈妈何以又不管呢?我又哭。妈妈急急地抱我到房间里,对娘姨讲些话,两人都笑起来,都对我讲了许多话。然而我还听见隔壁打人的"拍,拍"的声音,无心去听她们的话。

爸爸不是说过"打人是最不好的事"吗?那一天软软不肯给我香烟牌子,我打了她一掌,爸爸曾经骂我,说我不好;还有那一天我打碎了寒暑表,妈妈打了我一下屁股,爸爸立刻抱我,对妈妈说"打不行"。何以今天那麻子在打爸爸,大家不管呢?我继续哭,我在妈妈的怀里睡去了。

我醒来,看见爸爸坐在披雅娜(钢琴)旁边,似乎无伤,耳朵也没有割去,不过头很光白,像和尚了。我见了爸爸,立刻想起了睡前的怪事,然而他们——爸爸、妈妈等——仍是毫不介意,绝不谈起。我一回想,心中非常恐怖又疑惑。明明是爸爸被割项颈,割耳朵,又被用拳头打,大家却置之不问,任

一辈子率真

我一个人恐怖又疑惑。唉！有谁同情于我的恐怖？有谁为我解释这疑惑呢？

儿童苦①

——译者序言

我近来深感于世间为儿童者的苦痛。这是明显的事实：试看现在的家庭里，桌子都比小孩子的头高，椅子都是小孩子所坐不着的，门都是小孩子开不着的，谈的话与做的事都是小孩子所听不懂又感不到兴味的。设身处地地想来，假如我们大人到了这样一个设备不称身而言行莫名其妙的异人的家庭里去生活，我们当感到何等的苦痛！这是儿童苦的证据，也是大人虐待小孩子的证据。我回想所见的大多数的家庭，为父母者差

---

① 《儿童的年龄性质与玩具》一文系日本关宽之著，丰子恺译。此序曾连载1927年5月、6月《教育杂志》第19卷第5号、第6号。——编者注

不多全然不承认小孩子在家庭里的地位，一切日常生活诸事，都以大人自己为本位，把小孩子当作附属物，全不参考小孩子的意见，顾到小孩子的方便，或征求小孩子的同意。

尤为甚者，小孩子的主张、意见与大人冲突的时候，大人不讲理地拒绝、斥骂，甚至殴打。其实小孩子们也自有感情，也自有其人生观、世界观及其活动、欲求、烦闷、苦衷，大人们都难得理解。我以前不曾注意于此，近来家里的孩子们都长到三四岁以上，我同他们天天接近，方才感到，不禁对他们发生了深切的同情。推想世间一切小孩子，定然也如此。设身处地为他们想起来，颇为代抱不平。近来革命军光复上海，我常从小孩子口中听到"革命革命成功，革命革命成功"的唱歌声，我想：青天白日之下，一切压迫都得解除，一切冤屈都得伸展，你们这样高唱，莫非也要运动组织小孩子公会，对大人们提出条件，或打倒大人吗？

大人的无礼待遇小孩子的事实，不可尽述。总之，他们视小孩子为家庭的附属物，为妨碍他们的生活的赘疣。从来的大人，尤其是男的大人，大多数厌恶小孩子，不准小孩子到客堂上、书房里，说他们要捣乱；不准小孩子弄较贵的东西，说他们要伤坏。小孩子是很腥腥、很野蛮的东西，一向被委于奴仆之手。大人的养小孩子，讲得严酷一点，竟同养鸡养猪一样，差不多不承认小孩子有精神生活。因之对于小孩子的职务的"游戏"，非但不加维护，且常常摧残、禁止，名之曰"闹"，曰"吵"，曰"儿戏"；二三十年前的私塾先生看见小孩子折纸、弄泥，要打手心，固然岂有此理；然而二三十年后的今日，也难得有几个家庭注意于小孩子的精神生活。

我很同情于儿童的苦痛，拟代他们申诉，又为他们宣传、要求，以促世间一般的大人的注意。这篇译文便是其工作之一。

游戏是儿童的职务，玩具是游戏的工具。在大人们看来以为"玩具已耳"，但儿童的视玩具，与木工的视斧斤，商人的视算盘，画家的视画箱，音乐家的视乐器同样重大。一个家庭里，为大人的设备已经很多了；为儿童设备一点玩具，原非分外的要求。玩具甚样是适当的？即甚样年龄应该用甚样的玩具？甚样性质应用甚样的玩具？是本文的主题。著者关宽之氏曾为东京玩具展览会的审查长，又曾著《玩具与儿童教育》《吾儿的玩具》等书。这一篇文就是从后面一册书中节译出来的。（唯文中有数处，例如玩具实例，因有数种为日本流行而我国所无者，均已略去或改换，附志于此。）

美与同情

有一个儿童,他走进我的房间里,便给我整理东西。他看见我的挂表的面合复在桌子上,给我翻转来。看见我的茶杯放在茶壶的环子后面,给我移到口子前面来。看见我床底下的鞋子一顺一倒,给我掉转来。看见我壁上的立幅的绳子拖出在前面,搬了凳子,给我藏到后面去。我谢他:"哥儿,你这样勤勉地给我收拾!"

他回答我说:"不是,因为我看了那种样子,心情很不安适。"

是的,他曾说:"挂表的面合复在桌子上,看它何等气闷!"

"茶杯躲在它母亲的背后,教它怎样吃奶奶?"

"鞋子一顺一倒,教它们怎样谈话?"

"立幅的辫子拖在前面,像一个鸦片鬼。"

我实在钦佩这哥儿的同情心的丰富。从此我也着实留意于东西的位置,体谅东西的安适了。它们的位置安适,我们看了心情也安适。于是我恍然悟到,这就是美的心境,就是文学的描写中所常用的手法,就是绘画的构图上所经营的问题。这都是同情心的发展。普通人的同情只能及于同类的人,或至多及于动物;但艺术家的同情非常深广,与天地造化之心同样深广,能普及于有情、非有情的一切物类。

我次日到高中艺术科上课,就对她们作这样的一番讲话:世间的物有各种方面,各人所见的方面不同。譬如一株树,在博物家,在园丁,在木匠,在画家,所见各人不同。博物家见其性状,园丁见其生息,木匠见其材料,画家见其姿态。

但画家所见的,与前三者又根本不同。前三者都有目的,都想起树的因果关系,画家只是欣赏目前的树的本身的姿态,而别无目的。所以画家所见的方面,是形式的方面,不是实用的方面。换言之,是美的世界,不是真善的世界。美的世界中的价值标准，与真善的世界中全然不同，我们仅就事物的形状、色彩、姿态而欣赏，更不顾问其实用方面的价值了。

所以一枝枯木，一块怪石，在实用上全无价值，而在中国画家眼中是很好的题材。无名的野花，在诗人的眼中异常美丽。故艺术家所见的世界，可说是一视同仁的世界，平等的世界。艺术家的心，对于世间一切事物都给以热诚的同情。

故普通世间的价值与阶级，入了画中便全部撤销了。画家把自己的心移入于儿童的天真的姿态中而描写儿童，又同样地把自己的心移入于乞丐的病苦的表情中而描写乞丐。画家的心，必常与所描写的对象相共鸣共感，共悲共喜，共泣共笑；倘不具备这种深广的同情心，而徒事手指的刻画，决不能成为真的画家。即使他能描画，所描的至多仅抵一幅照相。

画家须有这种深广的同情心，故同时又非有丰富而充实的精神力不可。倘其伟大不足与英雄相共鸣，便不能描写英雄；倘其柔婉不足与少女相共鸣，便不能描写少女。故大艺术家必是大人格者。

艺术家的同情心，不但及于同类的人物而已，又普遍地及于一切生物、无生物；犬马花草，在美的世界中均是有灵魂而能泣能笑的活物了。诗人常常听见子规的啼血，秋虫的促织，看见桃花的笑东风，蝴蝶的送春归；用实用的头脑看来，这些都是诗人的疯话。其实我们倘能身入美的世界中，而推广其同情心，及于万物，就能切实地感到这些情景了。画家与诗人是同样的，不过画家注重其形式姿态的方面而已。没有体得龙马的活力，不能画龙马；没有体得松柏的劲秀，不能画松柏。中国古来的画家都有这样的明训。西洋画何独不然？我们画家描一个花瓶，必其心移入于花瓶中，自己化作花瓶，体得花瓶的力，方能表现花瓶的精神。我们的心要能与朝阳的光芒一同放射，方能描写朝阳；能与海波的曲线一同跳舞，方能描写海波。这正是"物我一体"的境涯，万物皆备于艺术家的心中。

为了要有这点深广的同情心，故中国画家作画时先要焚香默坐，涵养精神，然后和墨伸纸，从事表现。其实西洋画家也需要这种修养，不过不曾明言这种形式而已。不但如此，普通的人，对于事物的形色姿态，多少必有一点共鸣共感的天性。房屋的布置装饰，器具的形状色彩，所以要求其美观者，就是为了要适应天性的缘故。眼前所见的都是美的形色，我们的心就与之共感而觉得快适；反之，眼前所见的都是丑恶的形色，我们的心也就与之共感而觉得不快。不过共感的程度有深浅高下不同而已。对于形色的世界全无共感的人，世间恐怕没有；有之，必是天资极陋的人，或理智的奴隶，那些真是所谓"无情"的人了。

在这里我们不得不赞美儿童了。因为儿童大都是最富于同情的。且其同情不但及于人类，又自然地及于猫犬、花草、鸟蝶、鱼虫、玩具等一切事物，他们认真地对猫犬说话，认真地和花接吻，认真地和人像（doll）玩耍，其心比艺术家的心真切而自然得多！他们往往能注意大人们所不能注意的事，发见大人们所不能发见的点。所以儿童的本质是艺术的。

换言之，即人类本来是艺术的，本来是富于同情的。只因长大起来受了世智的压迫，把这点心灵阻碍或消磨了。唯有聪明的人，能不屈不挠，外部即使饱受压迫，而内部仍旧保藏着这点可贵的心。这种人就是艺术家。

西洋艺术论者论艺术的心理，有"感情移入"之说。所谓感情移入，就是说我们对于美的自然或艺术品，能把自己的感情移入于其中,没入于其中,与之共鸣共感,这时候就经验到美的滋味。我们又可知这种自我没入的行为,在儿童的生活中为最多。他们往往把兴趣深深地没入在游戏中,而忘却自身的饥寒与疲劳。

《圣经》中说:"你们不像小孩子,便不得进入天国。"小孩子真是人生的黄金时代!我们的黄金时代虽然已经过去,但我们可以因了艺术的修养而重新面见这幸福、仁爱而和平的世界。

穷小孩的跷跷板

有一个人写一封匿名信给我,信壳上左面但写"寄自上海法租界"。信上说:"近来在《自由谈》上,几乎每天能见到你的插画。(中略)前数天偶然看见几个穷小孩在玩。他们的玩法,我意颇能作你的画稿的材料。而且很合你向来的作风。现在特地贡献给你,以备采纳。此祝康健。一个敬佩你的读者上。七,十一。"后面又附注:"小孩的玩法——先把一条长凳放置地上。再拿一条长凳横跨在上面。这样二个小孩坐在上面一张长凳的两端,仿跷跷板的玩法,一高一低的玩着。"

这是一封"无目的"的无头信。推想这发信人是纯为画的感兴所迫而写这封信给我的。在扰扰攘攘的今世,这也可谓一件小小的异闻。

我闭了眼睛一看,觉得这匿名的通信者所发见的,确是我所爱取的画材,便乘兴背摹了一幅。这两个穷小孩凭了他们的小心的智巧,利用了这现成的材料,造成了这具体而微的运动具。在贫民窟的环境中,这可说是一种十分优异的游戏设备了。我想象这两个穷小孩各据板凳的一端而一高一低地交互上下的时候,脸上一定充满了欢笑。因为他们是无知的幼儿,不曾梦见世间各处运动场里专为儿童置办的种种优良的幸福的设备,对于这简陋的游戏已是十分满足了。这种游戏的简陋,和这两个小孩的穷苦,只有我们旁人感到,他们自己是不知道的。

因此我想到了世间的小孩苦。在这社会里,穷的大人固然苦,穷的小孩更苦!穷的大人苦了,自己能知道其苦,因而能设法免除其苦。穷的小孩苦了,自己还不知道,一味茫茫然地追求生的欢喜,这才是天下之至惨!

闻到隔壁人家饭香,攀住了自家的冷灶头而哭着向娘要白米饭吃。看见邻家的孩子吃火肉粽子,丢掉了自己手里的硬蚕豆而嚷着"也要!"老子落脱了饭碗头回家,孩子抱住了他带回来的铺盖而喊"爸爸买好东西来了!"老棉絮被头上了当铺,孩子抱住了床里新添的稻柴束当洋囡囡玩。讨饭婆背上的孩子捧着他娘的髻子当皮球玩,向着怒骂的不布施者嘤嘤地笑语。——我们看到了这种苦况而发生同情的时候,最感触目伤心的不是穷的大人的苦,而是穷的小孩的苦;大人的苦自己知道,同情者只要分担其半;小孩的苦则自己不知道,全部要归同情者担负。那攀住自己的冷灶头而向娘要白米饭吃的孩子,以为锅子里总应有饭,完全没有知道他老子种出来的米,还粮纳租早已用完,轮不着自己吃了。那丢掉了硬蚕豆而嚷着也要火肉粽子的孩子,只知道火肉粽子比硬蚕豆好吃,他有得吃,我也要吃,全不知道他娘做女工赚来的钱买米还不够。那抱住了老子的铺盖而喊"爸爸买好东西来了"的孩子,只知道爸爸回家总应该有好东西带来,全不知道社会已把他们全家的根一刀宰断,不久他将变成一张小枯叶了。那抱住了代棉被用的稻草柴当洋囡囡玩的孩子,只觉今晚眠床里变得花样特别新鲜,全不想到这变化的悲哀的原因和苦痛的结果。讨饭婆子背上的孩子也只是任天而动地玩耍嬉笑,全不知道他自己的生命托根在这社会所不容纳的乞丐身上,而正在受人摈斥。看到这种受苦而不知苦的穷的小孩,真是难以为情!这好比看见

PART1 赤子之心

初离襁褓的孩子牵住了尸床上的母亲的寿衣而喊"要吃甜奶",我们的同情之泪,为死者所流者少,而为生者所流者多。八指头陀咏小孩诗云:"骂之惟解笑,打亦不生嗔。"目前的穷人,多数好比在无辜地受骂挨打:大人们知道被骂被打的苦痛,还能呻吟,叫喊,挣扎,抵抗;小孩们却全不知道,只解嘻笑,绝不生嗔。这不是世间最凄惨的状态吗?

比较起上述的种种现状来,我们这匿名的通信者所发见的穷小孩的游戏,还算是幸福的。他们虽然没有福气入学校,但幸而不须跟娘去捡煤屑,不须跟爷去捉狗屎,还有游戏的余暇。他们虽然不得享用运动场上为小孩们特制的跷跷板,但幸而还有这两只板凳,无条件地供他们当作运动具的材料。

只恐怕日子过下去,不久他的爷娘要拿两条板凳去换米吃,要带这两个孩子去捡煤屑,捉狗屎了。到那时,我这位匿名的通信者所发见,和我的所画,便成了这两个穷小孩的黄金时代的梦影。

姓[1]

我姓丰。丰这个姓,据我们所晓得,少得很。在我故乡的石门湾里,也"只此一家",跑到外边来,更少听见有姓丰的人。所以人家问了我尊姓之后,总说"难得,难得!"

因这原故,我小时候受了这姓的暗示,大有自命不凡的心理。然而并非单为姓丰难得,又因为在石门湾里,姓丰的只有我们一家,而中举人的也只有我父亲一人。在石门湾里,大家似乎以为姓丰必是举人,而举人必是姓丰的。记得我幼时,父亲的用人褚老五抱我去看戏回来,途中对我说:"石门湾里没有第二个老爷,只有丰家里是老爷,你大起来也做老爷,丰

[1] 本篇曾载1927年7月10日《小说月报》第18卷第7号。——编者注

老爷！"

科举废了，父亲死了。我十岁的时候，做短工的黄半仙有一天晚上对我的大姐说："新桥头米店里有一个丰官，不晓得是什么地方人。"大姐同母亲都很奇怪，命黄半仙当夜去打听，是否的确姓丰？哪里人？意思似乎说，姓丰会有第二家的？不要是冒牌？

黄半仙回来，说："的确姓丰，'养鞠须丰'的'丰'，说是斜桥人。"大姐含着长烟管说："难道真的？不要是'酆鲍史唐'的'酆'吧？"但也不再追究。

后来我游杭州，上海，东京，朋友中也没有同姓者。姓丰的果然只有我一人。然而不拘我一向何等自命不凡地做人，总做不出一点姓丰的特色来，到现在还是与非姓丰的一样混日子，举人也尽管不中，倒反而为了这姓的怪僻，屡屡打麻烦：人家问起"尊姓？"我说"敝姓丰"，人家总要讨添，或者误听为"冯"。旅馆里，城门口查夜的警察，甚至疑我假造，说"没有这姓！"

最近在宁绍轮船里，一个钱庄商人教了我一个很简明的说法：我上轮船，钻进房舱里，先有这个肥胖的钱庄商人在内。他照例问我"尊姓？"我说："丰，咸丰皇帝的丰。"大概时代相隔太远，一时教他想不起咸丰皇帝，他茫然不懂。我用指在掌中空划，又说："五谷丰登的丰。"大概"五谷丰登"一句成语，钱庄上用不到，他也一向不曾听见过。他又茫然不懂，于是我摸出铅笔来，在香烟簏上写了一个"丰"字给他看，他恍然大悟似的说："啊！不错不错，汇丰银行的丰！"

啊，不错不错！汇丰银行的确比咸丰皇帝时髦，比五谷丰登通用！以后别人问我的时候我就这样回答了。

都会之音[1]

都会常把物质文明所产生的精巧，玲珑，而便利的种种用品输送到乡村去，或显示给乡村看。这好像是都会对乡村的福音，其实却害苦了乡村的人！他们在粗陋，简朴，荒凉，寂寞的环境里受了这种进步的物品的诱惑，便热烈地憧憬于繁华的都会生活的幸福，而在相形之下愈觉自己这环境的荒寂与生活的不幸，然而不能插翅飞向都会去。这好比把胭脂，花粉，弓鞋，月棉投进无期徒刑的男牢里。

从前有一句俗语，形容局部与全体的关系的，叫做"拾得了苏州袜带儿"。意思是说：布衣草裳的乡下穷人拾了一只

---

[1] 本篇曾载《太白》1935年5月20日第2卷第5期。——编者注

当时认为服装最时髦的苏州人的袜带儿，须得把原有的袜，鞋，裤，衣，帽，以至房子，老婆等统统换过，方才配用。不换过时，用了这袜带儿不配得可笑。现在都会把物质文明所产生的各种精巧，玲珑，而便利的用品输送到穷乡去，正同教乡下人拾得苏州袜带儿一样。若要使他们合用，须得把乡村全部改造；不改造时，其不配也可笑。

小小的一匣火柴，在乡村里，有时被显衬得异常精巧。因为那里还有火钵头的存在。烧饭时放些火灰在钵里，种两个柴头在里面，便可一天到晚有火，而不费一文。所以他们不得已时不擦火柴，买了一匣火柴可以用个把月。然而近来都会里输送过来的火柴，忽然匣子扁了，分量减少而价钱增贵了。这在都会人看来原是物品的进步，塞在洋装或摩登服装的袋里比前便利得多了；至于量少价贵，差一两个铜板有什么关系呢？然而乡下人想不通这个用意，享不到这种便利。不得已时，也只得买一匣扁火柴来和火钵头并列着。都会人对于扁火柴还不满足，又造出精巧玲珑的打火灯①来，也把它们输送到乡村去。有时打火灯也同火钵头会在一块，看了觉得好笑。又如香烟这

---

① 打火灯，即打火机。——编者注

种消耗品，近年来流行的普遍实在可惊。乡村里的老太太出街时，为了手头找不到水烟筒，有时也用拇指和食指撮住了一根香烟在扁嘴里吸，样子怪新奇。至于乡村的毛头小伙子，吸香烟已成了常事。

三个铜板买两支，把一支储藏在耳朵里，拿一支来吸。一时用脱三个铜板数目原也不大，然而连日累月地计算起来，香烟的用费比从前吸老烟贵到数倍，乡下人暗中被香烟的诱惑骗去不少的钱！在没有流行这种便利的烟草以前，乡下人出街时自带老烟筒，不带的也可以到店家去白吸几筒水烟。然而现在与前不同：身上有几个铜板的人出门就不带烟筒，店家也不再备烟请客。因为弄口，市梢，处处都有香烟的零售处了。原匣的香烟，里面有灿烂发光的锡纸包，五彩精印的画片，外面有精美华丽的纸匣儿。这些装潢都是在物质文明的都市里用进步的机器制出来的。然而放在土岸上芦苇棚下的茶摊上许多衣衫褴褛的人所围绕的板桌上，其不调和也很可笑。若拿这些吃茶人和画片上所绘的摩登女子比较起来，前者都好像是石器时代的原始人；不然，后者便好像是一种玩具。都会人当作果壳儿抛弃的香烟罐头，乡下老太太讨得了一个视同无价之宝，供

一辈子率真

在灶山上当茶叶瓶，令子孙世世代代地宝用下去。

小小一粒洋纽扣，在乡村里也难得妥当的地方可以安置。这是机器的产物，原为洋装的衬衫，"大英皮"①的皮鞋等服装而制造。一到乡村里，就被装在老布棉衣的襟上，三寸金莲的高高的脚山上。还有种种"摩登"的衣料，上面织着与都会里舞场上的环境相配的图案，也输送到穷乡僻壤里去推销。有时披在跪在城隍菩萨面前求签的女子身上，有时裹在扶着凤冠霞帔的新娘子上花轿的女傧相身上。这种地方有时还有洋装人物出现，使人看了兴起时代错误之感。洋装的人在这种环境里真被怠慢：冬天，乡村的房子前后通风，不装火炉，在室内不脱帽子和大衣有乖洋风，脱了实在冷不可当。夏天，乡村里既无风扇，又无刨冰，更无冷气。重重叠叠的汗衫，衬衫，和上衣，外加枷锁链条一般的硬领和领带，穿了几天可以使人发痧。"大英皮"鞋走在尖角石子的路上要擦破皮，走在泥路上要滑跤，脚趾儿非时时用劲不可。我推想他们在艰苦的时候一定会惦记起都会来：冬暖夏凉的洋房，开阔的水门汀，平整的柏油路，闪亮的漆地板，以及软软的地毯。也许他们自认为都会之

---

① 大英皮，指英国产的皮。——编者注

PART1 赤子之心

人，不幸而暂时流落在这破陋的乡村里的；也许他们抱着大志，要改造全部乡村的环境来适应他们的服装，同换过全身衣服，房子，和老婆来配用苏州袜带儿一样。

饮食方面也有这种状态：汽水和各种洋式糖果近来也输送到乡下去。汽水的味道并不特别好，饮了不醉也不饱；不过据说是用蒸馏水制的，作为夏日的饮料大合卫生。卫生是"性命交关"的事，谁敢反对呢？然而据我所见，励行卫生大都不能彻底，实甚可惜。怕毒菌和微生虫的人，要把水煮得沸，要把菜蔬煮得熟。然而他们对于杯，碗，筷，瓢，以及厨子的用具和手，却不甚彻底调查其清洁与否。这种器具的清洁与否，不想则已，细想起来都是靠不住的。防接触传染的人，裹足不到疾病流行的地带去，绝对不到病人死人的家里去。然而他们出门坐电车时也用手吊住车门口的铜柱，旋开车箱的门，拉住车箱内的拉手。他们换兑及买物时也曾接受不知经过谁人的手的银洋，角子，和铜板，而且把它们宝藏在怀中。这种铜柱，门闩，拉手，和银洋，角子，铜板上面，有没有病菌停留着呢？天晓得！还有防空气传染的人，出门用套子把口鼻蒙住。然而他吃饭时能否也戴套子？他的家里能否自制一种空气，使与外界的大气完全隔绝？总之，励行卫生原可以减少传染的机会，但是很不彻底。而在乡村"马虎"尤甚。这蒸馏水制的汽水，原是注重卫生而又生活阔绰的都会人的饮料。他们能以蒸馏的汽水代茶喝，在卫生上总较好些；况且有钱没处用，乐得阔绰吧。然而这东西流行到乡村来，很不适当。并非说乡村的人都贱，不配饮汽水。实因与乡村生活的"马虎"习惯和环境不合。常见小市镇上狭狭的一条市河里，上流有人洗马桶，下流有人淘米，或者挑饮水。常见乡村人家的饭箩上，乌丛丛地盖着一层苍蝇。常见饭粒里夹着苍蝇的尸骸。而见者和吃者皆恬不为怪。度着这样"马虎"生活的人，其实无需乎出重价购饮蒸馏的汽水。然而都会管自把汽水送到乡下来。那些汽水瓶儿亮晶晶地倒挂在乡村的糖果店门口，怪诱惑的。身上有二只角子的好奇者都要尝试一下看。开瓶时先吓坏了几个旁观者，然后用大拇指尽力抵住瓶口，总算饮了喷剩的大半瓶汽水。然而大拇指上的汗汁和龌龊也一并饮进在肚里了。洋式的糖果，听说曾在乡村间闹过笑话：曾有人把橡皮糖的渣滓吞下肚子里去，觉悟了这错误之后，他吃杏仁糖时舐尽了外面的糖衣，就把内藏的杏仁当作果核，吐在地上给狗子吃。都会的"吃客"在这点

PART1 赤子之心

上可以骄人,笑指这乡村人为"猪头三"①。"吃客"和"猪头三",都是时代错误的现世社会中的可笑的产物。

交通的发达,常把都会的面影更整块地显示给乡村人看,对他们作更强的诱惑。火车所穿过的地方,处处是矮屋茅棚集成的乡村。当电灯开得闪亮的特别夜快通车的头等车厢载了正在喷雪茄,吃大菜的洋装阔客而通过这些乡村的时候,在乡村人看来正像一朵载着一群活神仙的彩云飞驰而过。由此想见都会真是天堂一般的地方!然而在他们是可望而不可即的。飞机轧轧地在乡村的天空中盘旋。有时司机人要装威风给乡下人看,故意飞得很低,几乎带倒了草棚的屋脊,吓得屋里的人逃出屋外来,屋外的人逃进屋里去。慢吞吞地荡着摆渡船的人举头望着风驰电掣的飞机,当作传说里的大鹏鸟看,不相信这是和他的摆渡船同类的一种交通用具。

最活跃地把都会之音输送到乡村来诱惑乡下人的,莫如最近盛行的无线电收音机。不久以前,乡下的老太太听了留声机"唱洋戏",曾经猜疑有小人躲在小箱里面吹唱。这个疑案尚未解决,现在又来了一种不须转动而自会吹弹歌唱的小箱子。

---

① 猪头三,江南一带的骂人话,指不知好歹的蠢人。——编者注

以前的留声机所唱的,虽然乡下人都称为"洋戏",其实就是乡间常演的"戏文"里的腔调,乡下人都会鉴赏。这不是都会专有之音,而是乡村原有之音,故对于环境总算是调和的。现在的收音机所发的音,就有许多与乡村很不调和的都会之音:油腔滑调的对白,都会风的弹唱,"像煞有介事"的演说,"肉麻连气①"的跳舞音乐,加之以各大马路各大商店的广告。娇滴滴的女声抑扬顿挫地说着:"诸位要做新式服装请到 X 马路 XX 绸缎局。花样时新,价钱便宜,招待诚恳。公馆里只要打电话,立刻把花样送到,电话号码××××,请注意。""诸位要吃大菜,请到 × 马路 ×× 公司,物事精美,招待周到,座位幽雅,价钱相巧。"下面仰起了头听着的是一班鹑衣百结而面有菜色的农人,不过这菜色不是大菜之色。收音机不啻是专把都会繁华的幸福报告给穷屈的乡村人听的机器。

以上所说,自火柴以至收音机,都是物质文明对人类的贡献,都好像是都会给乡村的福音。然而乡村人从这些所受得什么呢?无他,只有惊异,诱惑,和可笑的不称。"乡下人拾得苏州袜带儿",原是不用的,除非换过周身的衣服,造过房

---

① "肉麻连气"中的"连气"是作者家乡土话中的语助词,其意义介于"很"和"有点"之间。——编者注

子，讨过老婆。现在中国无数的乡村，好比无数拾得了苏州袜带儿的乡下人，但他们都没有换过衣服，造过房子，讨过老婆，而被强迫用着这条时髦的袜带儿，因此演成了可笑的状态。

都会之音用了种种方式而传达到乡村去，使得乡村好像乡下人拾得了苏州袜带儿。乡村之音也可用种种方式传达到都会里去。但恐都会对他们好像苏州人拾得了乡下破草鞋，丢进垃圾桶里了。

貧賤江頭自浣紗 子愷畫

画友

——对一青年习画者的谈话

要学画,当然要入学校或从先生。好像你的画术全是学校或先生所授与的。但在实际上,我以为不尽然。和你一同学画的朋友,对于你的事业常尽着更切实体贴的辅导之责。先生只指示你学画之道,朋友则和你携着手去走。先生给你的是有形之教,朋友给你的是无形之教,所以你倘把有形的学费送给你的先生,应该把无形的学费送给你的画友。

试想你的习画生活中,画友给你的帮忙一定不少。你家里的人大都不能了解你所保藏的静物写生模型的好处,要讥笑你"年纪这样大了还弄玩具"。但和你一同习画的朋友一定不讥笑你。非但不讥笑你,又能赏识你的收藏,或者帮助你的收藏。譬如你的弟妹们,都欢喜收拾香烟里的画片。那些画中印着的是摩登美女,电影明星,《三国志》《水浒》里的人物。画法非常幼稚,你是不要看的。但你无法阻止你的弟妹们的收集,无法劝导他们舍弃这种画片而来欢喜你所欢喜的绘画。你只能对你的画友诉说这种画片的幼稚和弟妹们的美术教养的贫乏。只有你的画友来了,才会陪你到街上的纸马店里去,选购乡人们祀神用的财神马,蚕花马,灶君马等神像来当作木版画欣赏。品评它们的线条,赏鉴它们的图案。乡人们买这种神马,是有定时的。年头上财神马上市,春间蚕花五圣马上市,年脚边灶君马上市。在不上市的时间去买这种神马是特殊的,会一齐并买各种的神马,更是异端的。倘没有你的朋友同去选购,你一定被那纸马店里的人视为疯狂。有你的朋友同去,共相品评而选择,可以减少你这种行为的奇异性,给你不少的方便。中国旧时的木版画有不少是很可观的。只有你的朋友能帮助你向各处去探寻这种埋没着的木版画。所以你不可不把无形的学费致送你的朋友。

又如你到室外去觅画，假如独个人去，你将感到孤寂；假如跟了你的非画友同去，你将感到更多的不方便。他会引导你到豪奢的洋楼前，富丽的花园里，盛称这是可以画的景致。又会劝你到名胜古迹的地方，盛称这是值得作画的题材。然而，豪奢的洋楼大都只是豪奢，富丽的花园大都恶俗不堪，而名胜古迹的地方大都只堪回想而不足观赏。你不画，有负盛意，勉强画些，何苦？这时候你一定会热烈地想念起你的画友来。假使有他们同行，根本不会来到这种地方。那路旁的劳劳亭，那市梢的小茶店，那庙前的打铁场，那桥堍下的豆腐浆摊，以及一切无名的美景，早已引起你们的共感，邀得你们的共赏，而满足你们的画欲了。中国的一般人所意识的"画"，好像另有一种定义。说起画，似乎非梅兰竹菊不可，非山水台榭不可，非红袖翠带不可，非名园胜迹不可，非月夜不可，非雪景不可，非瀑布不可，非时装美女不可……。前回我从莫干山回来，许多人问我描了多少画来。实际，我在莫干山住了三五天，一张画也没有画。我的速写簿天天躲在我的袋里，始终没有见过莫干山上的天日。为了那山上并没有什么可画，远不及山下的乡村市井间的画材的丰富。然而听到我这话的人都表示不信，他们总以为我恐防别人"揩"我的画"油",所以秘而不宣,真是天晓得。除了天以外,只有我的画友晓得。

又如你要描人物画,请一个非画友的人坐着给你画一下,他便装出不自然的神气来,使得自己的姿态不能入画。他又会想到画的美丑同他的面子有关,于是来干涉你的画法。假如他看见你在描写别人,他便用他的好意,关照那个人说:"你不要动!他正要画你!"于是那个人立刻不自然起来,做作起来,也使得自己的姿态不能入画,而你的画便在他的好意之下宣告失败。假如你描写路上的一个女人,倘使这女人有些漂亮,你的非画友的同伴者便会浅薄地讥讽你,使你蒙不白之冤。要雪这种冤恨,只有去找你的画友。只有你的画友能解除了一切人物的现实的关系而同你在人物画中研究纯粹的线条,纯粹的形象,和纯粹的色彩。画并不全是装饰图案,画中的意义当然是重要的;但在技术的构成的期间(即制作的时间),却不容你顾到画中人物的现世的关系,务须当作纯粹的形状而对付。此中消息不足为外人道,只有你的画友们知道。绘画的人,拿了时代社会所养成的世间观,向世间去选择画材;再拿了脱离时代社会关系的绘画观,向画中去构造形象。这关键也只有画友们知道。画友们不但能对世间人物作共同的绘画观,自己也能身入画境,被画友观察描写,或竟被自己观察描写。要作良好的肖像画,被写的人一定要理解画道。但世间有许多人,莫说画道,连照相道都不理解,常在照相镜头前装出很滑稽的不入画的姿态来。

然而画友不一定是要弄丹青的。平生不曾描过一笔画的人中,尽有大画家存在;反之,天天描写的人中,颇不乏绘画的门外汉。你的选择画友不可不慎。无友不如己者,同时亦无友胜己者。因为胜己者往往要做你的先生,不肯和你携着手在画道上走。

創作与鑑賞

青年与自然[1]

英诗人瓦资瓦斯[华兹华斯(Wordsworth)]的诗里说道:"嫩草萌动的春天的田野所告我们的教训,比古今圣贤所说的法语指示我们更多的道理。"这正是赞美自然对人的感化力,又正是艺术教育的简要的解说,吾人每当花晨月夕,起无限的感兴。人生精神的发展,思想的进步,至理的觉悟,已往的忏悔,未来的企图:一切这等的动机,大都在这等花晨月夕的感兴中发生的。青年受自然的感化和暗示最多。青年是人生最中坚的、最精彩的、最有变化的一部分。青年一步步地踏进成人的境域去的时候,对于他们所天天接近而最不解的自然,容易

---

[1] 本篇曾载1922年12月1日浙江上虞春晖中学校刊《春晖》第3号,署名:子恺。——编者注

发生种种的能动的疑问。这等疑问唤起了他们的无限的感想,这感想各人不同,各用以影响到自己的意志和行为。在孩儿时代,是感观主宰的时代,那时对自然所起的感情大都是受动的。在成人时代,阅世较深,现实的境遇比较的固定,自然的感化也鲜能深入他们的腑肺,但不过有时引起一时的感兴。唯有极盛的青年期受自然的感化最多。

吾人所常接近的自然,如日月星辰,山川花木等,其中花和月最与人亲。在自然中,月仿佛是慈爱的圣母 Maria(马利亚),花仿佛是绰约的女神 Aphrodite(阿佛洛狄忒),常常对人作温和的微笑。

青年与月

吾人一切的感觉,最初是由"光"而起的。所以光的感化人比其他一切更大。例如曙光、晨星等,足以唤起人的宗教心。人对于光的注目,也比对其他一切更易。小孩生后数小时,就有明暗的感觉,数日,便能欢迎适当的光,半年,就能对洋灯①微笑。这可以证明人类对光本来是欢迎的。不但幼时,成人喜光的证据也很多。例如妇人们不惜千金去购金刚石、明玉,蛮人集玻璃片或种种发光的东西来妆饰,都可以证明凡人是生来有爱光的共通性的。

月是有光物体的一种。月的光有一种特有的性质,是天

---

① 洋灯,旧时对煤油灯的称呼。——编者注

体中最切实的有兴味的东西。所以月给与青年的影响更大。

（一）**月是宗教的感情的必要的创造者**　在幻觉时代的一孩儿，见了挂在天空中的明净的白玉盘，每起奇妙的无顿着①的空想。所谓活物主义，便是他们把月拟人。以为月是太阳的亲戚，对月唱歌，对月舞蹈。他们以月为友，且以为月也是以友情对待儿童的，欢喜儿童在他面前歌舞，否则他便嫌寂寞。又或想象月里有神，有孩子群，有玩具。或梦想身入月中，和月同游。在小儿话或歌中，常可以见到这种幻觉，到了十四五岁以后的青年期，变为更有力的感情。精神正当发达的青年对这神秘的、不可思议的月亮所起的感想，是最有同情的关系于青年的精神的宗教的感情生活的。又青年对这纯洁无疵的月亮所起的感情，是最有密接的联络于青年的道德的生活的。儿童时代对月的荒唐的"空想"的本身，到青年时变形为"思慕""畏敬"和"求爱"，儿童时代的月中的存在的空想，到了青年期也变了一种力——自发的陶冶身心的力了。

精神发达的青年，对月所起的感想，关于客观的月的感

---

① 无顿着，日文中此三汉字，意为"漫不经心"。——编者注

想少，关于因对月而生起的主观方面的感想更多。夜本来是一日的最深沉的、最幽邃的一部分，就是一日的神秘的时间，又可说是人的退省时间。有月的夜，更容易诱起人的沉思和遐想。望月的人心灵似乎暂时脱离人境，逍遥于琼楼高处，因之此时外界的感触几于绝灭，内部的精神十分明了。此时往往诱起对于高泛的生命的无限的希望，将心灵迫近向宗教去。所以各人种的起初，大都以月为崇拜的对象，这感情到后来就变为对于"神"和"真""善""美"的感情。

（二）月暗示"爱" 月的团圞的形、月的温柔的光，和月下的天国似的世界，凡关于月的东西，无不和青年的神圣的"爱"相调和，且同性质的。心的爱的世界的状态，可以拿月夜的银灰色的世界来代表的。所以月夜的青年，容易被唤起爱的感情：月下追念亡父母或友人，在月中看出亡父母或友人的容颜。或者月下隐闻亡父母或友人的语声，又或想起离别的恋人或挚友，乞月的传言寄语，在诗词中所常见的。"多磨恋爱"（stormy love）的青年，因月的感化，足以维持纯洁的精神，不致流于堕落或自弃。"多磨恋爱"的青年女子，往往对月暗诉她的困难的心事，向月祈愿，用这慰藉来鼓励她的勇气，维持她的希望。在实际上,这泛爱的月真是慈母似的佑护青年,真已完全酬答青年对月的祈愿了。试看瑞烟笼罩的大地上,万人均得浴月的柔光。这正是表示月的泛爱,且助人与人的爱。

(三)月狂 因月怀乡,因月生愁,或中夜不寐,或对月涕泣等事,美国斯当来·霍尔氏说是一种精神病,称为"月狂"。这种状态在青年期最多。境遇坎坷的青年,飘泊的青年,最易罹这病。原来月光有一种抽发人心的愤懑的力。人见月就惹起怨恨和愤懑。诗中所谓"举头望明月,低头思故乡",是见月伤飘泊的诗。类此者颇多。血气方刚的青年,胸中藏着的幽愤,在日里为外界的感触所阻抑,郁积于内,遇到这种力,就发泄出来,甚者便月狂。此时优美的月色在这等青年们的眼里,已变为所谓"伤心色"了。这病影响于消化、发育、睡眠、健康很大。

青年与花

幼儿最初的美感是对于花的美感。因为花有美的姿态、可爱的色彩、芳香的气味。在自然物中,是最足以惹人注意的东西。花在下界的地位,仿佛月在天空。幼儿对花,完全是幻觉的。他们与花接吻、抱花、为花祈雨。这种拟人的态度,到青年期仍是大部分残存着。人类生来就爱花,因此花及于人的影响自然也大。

(一)**青年对花的同情** 幼儿时代对花的拟人的态度的形式,到青年时代还残存着,不过内容变易了。幼儿对花是客观的纯粹的活物主义,青年则带几分主观的色彩。在对花所起的感情的背面,同时起一种对于自身的感触。因为花与青年——

特别是女子——在各点上相类似的：生命的丰富、色彩的繁荣、元气的旺盛等，都相类似。花可说是青年的象征，所以青年对花分外有同情，分外爱花。爱花便是他们的自爱。花遭难时，更易得青年的同情。所谓"惜花""葬花"，实在是他们的自伤。所谓"花开堪折直须折，莫待无花空折枝"实在是他们的自励。因这同情，青年对花大都是拟人的。不过这拟人的态度的内容和孩儿时代的拟人的内容不同，青年的拟人对花，实在是因花生起别种联想。少女与花，有更密切的相似点。因之对花容易使人起淑女的联想。所谓"解语花""薄命花""轻薄桃花"等，都是以花喻女的，又如Moore(穆尔)的诗中所谓"All her lovely companions are faded and gone……"（"她那些可爱的姐妹，早已不在枝头上……"）也是以花比少女。这样的例不少。少女自己，也是默认花是自己的表号的。她们爱花、栽花、采花，又簪花、吻花，这种举动的背面，隐着少女们的一种自觉——这样明媚鲜妍的自然的精华，正是我们女性的表号。

人生青年时代犹四季的春天，故曰青春。在时期的关系上，青年与花已有相同的境遇。又青年时代的一切思想感情等精神界的发达，都极绮丽发扬，与花的妩媚极合。因此青年见花仿佛是同调的知交，自然地发生同情。

（二）花给与青年道德的感想　花的形质的清雅不凡，使青年起道德的思想。花的形色，表示人生的复杂的象征：例如就色而论，白色表示纯洁，赤色表示爱情和繁荣，紫色有王者的象征。就形而论，桃花梅花表示复杂的统一，菊花表示整齐，玫瑰花牡丹花表示结构的调和，紫藤花等表示变化的统一。这等象征，在不知不觉之间给青年道德的暗示。菊花的凌霜，梅花的耐寒，对人也有一种孤高纯洁的暗示，山间的花、水溪的花、人迹绝少到的地方的花，也同样地开颜发艳、不求人知。这给人更高尚的暗示，引起人的超然遗世的感想。诗所谓："涧户寂无人，纷纷开且落。"读之引起人对于自然的神秘的探究心，终于崇敬自然的神秘，感入自己的心身。女子受花的道德的暗示，更大于男子。

（三）花给与青年美的感情　青年的艺术修养方面，得益于花的感化不少。花实在是自然界的精英，是自然美中的最显著的。拉斯京说："见了一大堆火药爆发，或一处陈列十分华丽的商店，一点也没有可以赞美的价值；见了花苞的开放，倒是极有赞美的价值的。"花在实用上，效用极少，不过极少数的几种作药品等用，此外大都是专供装饰的。然而实际上，装饰用的花赐与人们的恩惠真非浅鲜。青年因花而直接陶冶美的感情，又间接影响于道德。无论家庭学校，凡青年所居的地方，皆宜有花，这是艺术教育上最有价值的事件。实利的家庭，以种花为虚空无益的事。实利的学校，养鸡似的待遇学生，更不梦想到青年的直观教育的重大。所谓"爱情的只影也不留的、仓库似的校舍"，实在是对于青年的直觉能力的修养给与破坏的感化的。艺术教育发达的国学校园内的栽植和宿舍内的花卉布置，极郑重从事的。即使在都会的、地面狭窄的学校，也必设小巧的花台或窗头的盆栽。在实利的人们看来以为虚饰，独不知这是学生的精神的保护者。

要之，月和花的本身是"美"，月和花对青年是"爱"。青年对花月——对一切自然——不可不使自身调和于这美和爱，且不可不"有情化"这等自然。"有情化"了这等自然，这等自然就会对青年告说种种的宝贵的教训。不但花月，一切自然，常暗示我们美和爱：蝴蝶梦萦的春野，木疏风冷的秋山，就是路旁的一草一石，倘用了纯正的优美又温和的同感的心而照观,这等都是专为我们而示美,又专为我们而示爱的。优美的青年们!近日秋月将圆,黄花盛开。当月色横空、花荫满庭之夜,你们正可以亲近这月魄花灵,永结神圣之爱!

我与手头字[①]

陈望道先生提倡手头字,我很赞成。[②] 现在我来谈谈自己对手头字的种种因缘。

我家自洪杨以来,以开染坊店为业。我十来岁时,每逢年假,店忙的时候,被母亲派到店里去帮忙。所谓帮忙,原不过做小老板在店里玩玩,但因此学得了染店帐簿上所惯用的种种简笔字。例如"三蓝",他们写作"三艻",不过艹字最后一笔下面打一个弯曲。"二厘",他们只在"二"字的下一

[①] 本篇曾载《太白》1935年3月20日第2卷第1期。——编者注
[②] 本文根据编者手头保存的一份原稿校对过。在《太白》杂志上发表时没有此句。这是作者在原稿上加上去的。又:原稿上已将篇名改为《手头字》,即删去了"我与"二字。现仍按发表稿保留。——编者注

一辈子率真

画上拖一撇,其余不胜枚举。染坊店里的学徒们,没有认识"蓝""鳌"等本字的,却能自由应酬主顾,用靛泥做的粉笔在大布①绵绸上标记姓名丈尺和所欲染的颜色,这在我觉得奇怪。更使我奇怪的,是主顾的姓名的记法。我们的主顾几乎全部是不识字的农人。姓名大都以声音为主,不讲字眼。譬如一个农人走上门来,从篮里抽出一段布来向柜台上一掷。伙计便接了量尺寸,嘴里喊道:"三丈二!"接着又问:"二厘头?"农人大概会点头。因为他们这种布大概都染这种颜色,不必像上海老正和染厂拿出数百种颜色的样本来请顾客挑选的。最后问:"啥名字?"回答的声音是"Wan Foo Sen"。伙计就写"王福生"。有时生意空,再添问一句"草头黄?三画王?"这很稀奇,一字不识的农人,居然也会决然地回答"三画王",或者"草头黄"。其实他不会写,只是别人教他,他硬记着,有人问他,他就说"我姓三画王"。所以姓不完全以声音为主。至于名字,就完全重声音,伙计不会向他讨卡片看,也不会顾虑他是"复孙"或"馥荪",一定是"福生"无误。而且福字可作简笔写,像蜡烛台上所雕的。我在店里学会了种种简笔字,觉得很便当。后来到学堂里,应用在"默书"课中,把"青出

---

① 大布,作者家乡话,意即阔门幅。——编者注

于蓝"写作"青出于礻",把"聖人出而黃河清"写作"圣人出而黄河清",曾经吃先生的骂。他说:"你倒不写青出于卅?""你将把聖人当作怪人了!"以后我就不敢再写简笔字,直到现在为止。这是我对手头字的第一因缘。

第二因缘,是为了我的姓太难写[1],却又不好改,曾经有一次为它发愁。当民国光复之初,我大约十三四岁的时候,地方上办自治会,盛行选举。当时我年幼无知,学堂里又不像现在有常识、公民等课,使我无从明白选举这件事的意义。我但听镇上的大人们说,这好比先前的考乡试,升官发财都是从这里开花的。我又听见有些人把名字改写为简字。譬如原名"纯甫"的,现在改为"仁夫"。原名"益荪"的,现在改为"一生"。据说选举者大多数是乡下人,而乡下人大多数不会写字,故名字难写,大有妨害于被选,非改简不可。此风盛行到学堂里,年幼而尚无被选举权的学生们,也及早预防,大家改名字。本来双名的改作单名。本来单名的改作一个同音的简字。我原名润,一位先生给我改作"仁",我莫名其妙地顶戴了这名字,一直沿用到二十岁,虽然并未靠它升官发财。当时别人为我深惜,而我自己也认真地

---

[1] 指繁体字豐。——编者注

发愁的，就是我的姓的难写。我的姓有十八笔，而且装法很不容易，于被选上大有妨害！但姓不可改。这好比命里注定不得富贵，怎不教人深惜而发愁呢？假如手头字早提倡了廿几年，使我的姓名"丰仁"一共只消八笔，同学们当何等地羡慕我，而我自己又何等地快活！虽然到现在改简，好比"贼去关门"，但因有前缘，总觉可喜。实际，我的姓太古怪了。这样地难写，又那样地少见。陌生人问"尊姓"时，回答他"敝姓丰"，往往叫他想不出哪一个丰字来。虽然昔年我曾发明用"泰丰公司"的"丰"，或"汇丰银行"的"丰"来注释，但近来也觉得有些不妥。泰丰公司已经关门，银行又东坍西倒，将来也许使我无法注解。望道先生们提倡手头字，第一期字汇中就有我的丰字，此后不但可使我每次少写十四笔，逢人问"尊姓"时，也可以说"三画王上下出头"，没有人不懂得了。这是第二因缘。

第三因缘，是我喜欢手头字的形式，为了它们与我的画相像。我的画不写细部，仅描大体。例如画人的颜面，我大都只画一张嘴，并非表示人只会讲话和吃饭，实因嘴是表情中最重要的部分，只描一张嘴已经够了。非但够了，有时眉、目、鼻竟不可描，描了使观者没有想象的余地，反而减弱人物画的表情。手头字中有大部分是省略本字的笔画而成的，与我的画相似。假如画变了大众文化的重要工具，我将提倡我的画，名之为"手头画"，也弄一个"第一期画汇"出来。画的省略，在画法上美其名曰"意到笔不到"。在美学上更美其名曰"个中全感"。我看手头字也如此。我们过去数十年间看惯了本字，现在看到本字的大体轮廓，便会想象其全体，而且所想象的常是端正美好的本字。故我觉得手头字富有美术的意义。例如飞，气，时，茔，与，沪，么，压，应，声，虽，归，虫，丰，旧，医，边，丽等字，在我都能从其"意到笔不到"的简写中窥见其本字的全体，而且这些全体都是很美丽的。"又"字的暗示尤为神妙，能使我由此想象漢，犖，爲，蕼，奚，單等种种变化不测的形相，这些形相也都非常美丽。故美不一定要工致富丽，简单的尽可以美。

美术是为人生的。人生走到哪里，美术跟到哪里。我们的人生走到手头字上了，美术也非跟上来不可。那么手头字的美不仅是我个人的所感，也应是大众的要求。

取名[1]

孩子们的名字,叫惯了似乎是各人出世时就写好在额骨上的,其实都是他们的外公所取定。且据我回想,外公的取名都有深长的用心。想起之后不免记录一些。

阿大是半夜里出世的,很肥胖,哭声甚大,但是女。她的外婆和娘舅都预先来我家等她出世,虽然只等着一个外甥女,但头生,不论男女总是大家欢喜的。次日娘舅回城,我就托他代请外公给阿大取一个名字。过几天收到外公的回信,信内附一张红纸,红纸上面横写着"长命富贵"四个小字,下面直写着"丰陈宝"三个大字。信内说,知道她是夜里出世的,

---

[1] 本篇曾载《东方杂志》1933年8月16日第30卷第16号。——编者注

哭声甚大，故引用古典，给她取名"陈宝"。

我不知道古典，检查《辞源》，果然找到了"陈宝"一项，下面写着："神名，秦文公获若石于陈仓北阪城。祠之。其神来。常于夜。……其声殷殷。以一牢祠之名曰陈宝。见《史记》。"

我一向不懂取名的方法，《康熙字典》里有数万个字，无头无脑，教从何处取起？我叹佩外公的博闻，这真可谓巧立名目。可惜我们的陈宝现在虽已十四岁而在小学毕业了，但只是一个寻常的少女，并不像神，将来不致变为神女。这也可谓名不副实了。

阿二出世时我在东京，没有看她堕地。家人写信告诉我说，这回又是女，她的祖母和外婆略微有些失望。外公已给她取名叫做"麟先"。这回不必翻《辞源》，我也知道外公的用心了："麟之趾，振振公子。"麟是男儿，先是先行，麟先就是男儿的先行。外公的意思，这女儿是将来的男儿的先锋。换言之，我们的阿二非为自己做人而投生，只是为男的阿三报信而来的。总言之，将来的阿三定要他是男。

但麟先也是名不副实的，她不能尽先锋之职，终于引出了一个女的阿三来。这回失望的不但祖母和外婆,外公一定更甚。但祖母用心尤深:阿三临盆的一天,她袋里预先藏着一只洋钉和两粒黄豆。听见阿三的呱呱声之后,没有稳婆的"恭喜"声,便把洋钉和两粒黄豆投在胞瓶①里,这叫做"演样"。这样一来,将来的阿四身上一定带了一只洋钉和两粒黄豆的东西而出世。故失望之余,大家还是放心。不过对于这滥竽的阿三大家很冷淡,没有人提出给她取名字的话。外公也不寄红纸来。起初大家叫她"小毛头"或阿三,后来乳母在眠歌里偶然唱了一声"三宝宝",从此大家就自然地叫她三宝。三是她的排行,宝是女孩子的通称(嘉兴人称女儿为宝宝),这名字确是很自然的。但没有外公写在红纸上,终非名正言顺。这无名的三宝终在四岁上辞职而去。不称职的麟先似乎怕被革职,她入学之后自己把名字改写为"林仙"了。

阿四出世在我所旅食的他乡,祖母投在胞瓶里的一只洋钉和两粒黄豆,果然移在他身上了。祖母在故乡得信后,连忙做寿桃分送诸亲百眷。外公信里附一张红纸来,红纸上头横写着"长命富贵",下面直写着"丰华赡"。并在信里说:"赡是

---

① 浙江旧时习俗,产妇眠床底下往往放着一只藏"胞"的"胞鬎鬏瓶",内用稻草灰、生石灰垫覆使之久藏。——编者注

一辈子率真

丰足的意思。"外公的深长用心真使我感动。那时我从东京回来,负了一身债,家累又日重一日,生活窘迫得很。故外公的意思,明白地说,是"有了儿子以后,还要有钱"。我家虽然此后增出了一个乳母的开销,但有儿子名"赡",似乎也就胆大了。

阿五又是男,块头大得很,外公给他取名奇伟。但他负了这大名,到五岁上就死去。阿六又是男的,外公给他取名元草。这里的用意我可不知,也没有问外公。将来我到地下,倘遇见我的岳父一定要补问。生到阿六,我家子女稍稍嫌多了,但钱却还是不多。这恐怕是阿四的"赡"字常常被人误写为"瞻"字的缘故。不然,阿四也是名不副实的。

最后的阿七在肚里的时候就被惹厌,问起的人都说"又要生了?"生的时候也没有人盼望他是男,她就做了女。外公给她取名一宁。又在信上告诉我们说,一宁是"得一以宁"之意。明白地说,就是"生了这一个不可再生,免得烦恼"。一宁总算听外公的话的,今年五岁了,没有弟妹。

旧地重游

旧地重游,以前所惯识的各种景物争把过去的事情告诉我,使我耳目不暇应接,心情不胜感慨。我素不喜重游旧居之地,便是为此。但到了不得已的时候,也只得硬着头皮,带着赴难似的心情去重游。前天又为了不得已之故,重到旧地。诗人在这当儿一定可以吟几句。我也想学学看,但觉心绪缭乱,气结不能言,遑论作诗?只是那迎人的柳树使我忆起了从前在不知什么书上读过的一首古人诗"此地曾居住,今年宛如归。可怜汶上柳,相见也依依"。

这二十个字在我心中通过,心绪似被整理,气也通畅得多了。

PART1 赤子之心

次日上午,朋友领我到了旧时所惯到的茶楼上,坐在旧时所惯坐的藤椅里。便有旧时惯见的茶伙计的红肿似的手臂,拿了旧时所惯用的茶具来,给我们倒茶。这里是楼上的内室。室中只设五桌座位,他们称之为"雅座"。茶钱比他处贵,外室和楼上每壶十一个铜元,这里要十六个铜元。因这原故,雅座常很清静。外室和楼下充满了紫铜色的脸,翡翠色的脸,和愤恨不平的话声时,你只要走上扶梯,钻进一个环门,就有闲静的明窗净几。有时空无一人,专等你来享用;有时窗下墙角疏朗朗地点缀着几个小白脸,金牙齿,或仁丹须,静静地在那里咬瓜子,或者摆腿。这好比超过了红尘而登入仙境。五个铜板的法力大矣哉。以前我住在此地的时候,每次到这茶楼,未尝不这样赞叹。这回久别重到,适值外室和楼下极闹而雅座为我们独占,便见脸盆大的五个铜板出现在我的眼前了。我们替茶店打算,这里虽然茶钱贵了五个铜板,但是比较起外面来,座位疏,设备贵,顾客少。照外面的密接的布置,这块地方有十桌可摆,这里只摆五桌。外面用圆凳,这里用藤椅子。外面座客常满,这里空的时候多。三路的损失决不止五个铜板。这雅座显然是蚀本生意。这样想来,我们和小白脸,金牙齿,仁丹须的清福,全是那紫铜色的脸,翡翠色的脸和愤恨不平的话声所惠赐的。

我注视桌面,温习那旧时所看熟的木纹的模样。那红肿似的手臂又提了茶罐出现在我的眼前。手臂上面有一张笑口正在对我说话。

"老先生,长久不到了。近来出门?"

"嘿嘿,长久不到了,我已经搬走了,今天是来作客的。"

"啊,搬走了!怪不得老客人长久不到了。"

"这房间都是老客人吗?"

"嗳,总是这几位先生。难得有生客。"

"我看这里空的时候多,你们怎么开销?"

"嗳,生意是全靠外面的,不过长衫班的先生请过来,这里座位清爽些。哈哈!"

他一面笑,一面把雪白的热手巾分送给我们,并加说明:

"这毛巾都是新的,旧的都放在外面用。"

啊,他还记忆着我旧时的习惯。我以前不欢喜和别人共用毛巾。这习惯的由来,最初是一种特殊的癖,后来是怕染别人的病,又后来是因为自己患沙眼,怕把这"亡国之病"传给

PART1 赤子之心

别人。所以出门的时候，严格地拒绝热手巾。这茶伙计的热手巾也曾被我拒绝过。我不到这茶楼已将两年了，他还记忆着我的习惯。在这点上他可说是我的知己。其实，近来我这习惯，已经移改。因为我觉得严防传染病近于迷信，又觉得严防"亡国之病"未必可以保国，这特殊的癖就渐渐消除。况且我这知己用了这般殷勤体贴的态度而把雪白的热手巾送到我手里，却之不恭。我便欣然地接受而享用了。雪白，火热的一团花露水香气扑上我的面孔，颇觉快适。但回味他的说话，心中又起一种不快之感，这些清静的座位，雪白的毛巾，原来是茶店老板特备给当地的绅士先生们享用的。像我，一个过路的旅客，不过穿件长衫，今天也来掠夺他们的特权，而使外面的人们用我所用旧的毛巾，实在不应该，同时我也不愿意。但这茶伙计已经知道我是过路的客人。他只为了过去的旧谊而浪费这种殷勤，我对于他这点纯洁的人情是应该恭敬地领谢的。

  我送还他毛巾的时候说了一声"谢谢你！"但这三个字在这环境之下用得很不适当。那人惊异地向我一看。然后提了茶罐和毛巾走出环门去。他的背影的姿态突然使我恢复了两年前的心情。似觉这两年间的生活是做一个梦，并未过去。

一辈子率真

归家的火车十二点钟开。我在十一点半辞别了我的朋友而先下茶楼。走过通达我的旧寓的小路口,望见里面几株杨柳正在向我点头。似乎在告诉我:"一架图书和一群孩子在这柳荫深处的老屋里等你归去呢!"我的脚几乎顺顺地跨进了小路。终于踏上马路向车站这方面去了。

PART2
脚踏实地

○●●
●●○

二 学 生

暑假中,有两今①我所稔熟的中学生各自来访我。甲学生来访时我问他"几时开学?"他回答说:"再过一个月就要开学了!"乙学生来访时我问他"几时开学?"他回答说:"还要一个月才开学呢!"这两句话表露了这两人的性行的不同。我觉得这二人是青年学生性行的两大类型的代表者,就据我所见闻为他们写照如下:

甲学生今年十七岁,但其沉着苍白的脸色,朴素简陋的服饰,可以使人误猜他是二十岁了。他脸上极难得有笑容。大家齐声笑乐的时候,他偏偏不笑。倘有人把自己以为可笑的话

---
① 两个。——编者注

说给他听,说过之后把眼睛盯住他,看他笑不笑,那时他就更加不肯笑了。反之,在宿舍里,或在教室里,别人认真地谈话,或认真地讲解问难的时候,他们的一句一字,有时会使他一个人掩口葫芦,弄得别人大家不解。实则他所笑的,有时是讲话者的口头禅,别人所不注意而他所独感兴味的。有时是他自己脑中的回想,不是目前出现的事情,根本不能使别人共感。他在人丛中既不笑乐,又沉默不语,好像是聋且哑的。逢到有人问他一句话,他不得不回答时,也仅说寥寥数语,甚或只说然否二字,而且这然否二字也轻微得不易听到,全靠点头或摇头的动作帮助着使人理解的。因此同学都当他特殊人看。有的同学向众人揶揄,逢到他就不侵犯;有的同学拉大家出去胡闹,放他一个人独在室中,而大家视为当然,从没有一个人提出"为什么除外他"的话。同学中有人不得已而要同他讲一句话,就得换一种口气与态度,恭敬地向他启请。但也并非特别敬重他,只是当他特殊人看。好比他们是一群中国人,而他是住在这群中国人中的一个外国人。中国人大家用国语自由谈天,他一概听不懂,不闻不问。中国人要对他谈话,须得改用外国语调,简要地问答一下就完了。他呢,就好像一个不谙熟中国语的外国人；逢到别人有问，只能简单地说一句答语；逢到自己万不得已而要问别人一声，那就十分困难，他的从来难得听到的喉音，以及生硬的语调，往往使满座静默，十目注视，仿佛发生了特别事件一般。同时他的脸孔就涨红了，好像做了一件极难为情的事。

他在众人前说话如此困难，但是说也奇怪，他在一二知友或家人前，是一个雄辩家！但这雄辩家的出现，须在星期六晚上，人迹不到的校园里；一二知己朋友的面前，或者校外的僻静处，同着一二知己散步的时候，这一二知己，在他真是唯一唯二的朋友；但他们倒并非同他一样性格的人。他们除他以外还有许多朋友，闲常也混在众人队里；只是他们的性格中备有某种要素，因此能获得和他的交际。他们深知道他，在闲常，当众人前，轻轻地隐隐地同他说话，他也轻轻地隐隐地回答，大类在翁姑伯叔面前的新郎新娘。等到背了众人，他就像新娘进了房里一般，有说有笑地和新郎讲起情话来。他有见识，有决断，有主张，而日还能雄辩地批评世间一切的事，以及他的对手的言行。当他伴着一二知己躲在僻静的房间里纵谈的时候，你倘在壁上钻一个洞，偷偷地看他的态度，听他的说话，

一辈子率真

你一定要惊诧,误认他是另一个人了。

他嫌恶一切共同生活。共食的时候看他最不自由,往往疗饥似的吃了些饭,第一个离席。开同乐会的时光,可不到的他就不到,必须到会时就难为了他。因为如前所说,他对于别人认为可笑可乐的事,都不感兴味。只在别人欢笑的旁边枯坐了几小时,闷闷地退出。他不欢喜穿制服。可不穿时,尽量地不穿。非穿不可的时候,不自然地套在身上,领头折了也不管,纽扣脱了也不管,仿佛故意显出制服的恶点来,为他的不愿穿辩护。总之,他是一个个性很强而落落寡合的孤独者。他把生活力全部发泄在书本里,所以学业成绩多是甲上。他来访我时,总是跟他父亲同来。我从他的父亲和同学处知道他的性行。

乙学生今年十九岁。但其嬉皮笑脸的神气,短小精悍的身材,齐齐整整的衣服,可以使人误猜他只有十五六岁。有时他的新的制服的口袋上,装着闪亮的一个笔套夹,脚上穿着一双闪亮的黑皮鞋,头上生着一对闪亮的黑眼睛,独自跑来访我。我骤见他时觉得眼睛发耀,心中暗赞"好一个翩翩少年!"他一见我就带笑带说,笑个不休,说个不休,但说得不教听者讨厌。每逢我想对他说话的时候,他会敏捷地收住自己的话头,怡颜悦色地听我说话,中间随时加以爽快的答应。但当我抽烟,喝茶,或说得口乏而想停下来的时候,他的话就巧妙地补衬上来,以防相对沉默的寂寞。我对他提出什么话,没有说完,他的嘴巴已表出说"是呀!"的姿势。有时不禁使我想象:"假如我对他说'今天太阳从西方出来的呀!'他也会接上一个'是的!'来。"然而这也不过极言其说话之和悦。其实,他并非人云亦云,或阿人所好。只为他懂得说话技法,要表示反对的时候,也从赞成入手,旁征远引地说出他反对的意见来,使听者不得不同意他。他到我家一二次,就同我家的孩子们都稔熟,好像旧相识的。连我家的老妈子也同他谈得很投机,每次殷勤地倒茶给他吃。他到我家如此,在学校里的行状便可想见。

  我从他的先生及同学处,知道他是全校第一个交际家。他没有一个知己,但没有一个同学不是他的好朋友。同学会里有什么兴行,他是总干事。学生个人间发生了什么问题,他是调解者,慰安者,帮助者。他知道一切同学的兴行,习惯,生活,以及在校外的行动,甚至家庭间的状况。他仿佛是一个学校里的包探。同学之外,教师的家里有几个人,茶房每年可赚多少钱等事他也都知道。所以他的生活很忙。不大有自修的工夫。

一辈子率真

其实，他即便有空的时间，也雅不欲埋头"读死书"。他常用巧妙的谦虚的言词，对众人表明他对于求学的意见，隐隐地指摘"读死书"之无用。他的话是这样："世间有两种书，一种是纸做的，一种是人做的。像你们，聪明的人，有能力读破万卷纸做的书，原可以埋头用功。像我，既无聪明，又不耐劳，埋头纸做的书中，一生也读不好，等于自杀。像我这样又笨又懒的人，进了学校只能读人做的书。先生的教训，同学的交游，以及我所对付的一切人，都是我的书。"这类的话说得对方既欢喜，自己又体面。于是他就实行他的求学政策。晚上自修的时间，他只在先生来督看的一会儿时间内做些必不可少的自修。例如要交卷的东西，他只得草草地写起来。要背诵的东西，他只得硬记一下。其他都可在上课时间内临时预备。等到先生走开了，他也就走开，走到谈得上话的同学那里，拉了他出自修室，到阅报室里去谈话。谈话同志越多越好。有时幸而集了一群人，在阅报室里，他插身其间如鱼得水，浑身畅快。他对于阅报室感情特别好，不仅为了每晚可作他的谈话室，正因为室中有的是报纸，满载着他所最关心的国家大事、社会新闻。他们可以随手指着报纸上的某一事件，作为谈话的引子。

若是外交问题,他的谈论比大使更雄辩。若是内政问题,他的批评可以压倒一切要人。若是民事问题,他的裁判活像一位法官。若没有先生干涉,他们会谈到就寝。有时熄灯后和几个同志偷偷地走出寝室,到先生听不到的地方去作夜谈。

吃饭的时候,他往往是最后出食堂的人。有人以为他是大饭量,其实冤枉。他每餐所吃的饭不多,只是吃得十分缓慢。缓慢的用意,就是要等多数人吃毕而去,然后纠合几个健饭健谈的同志,添些儿菜,从容地且谈且吃。然而在学校的食堂里,这事到底行得不痛快。故他所最盼望的是假日的撒兰花(在一张纸上画了许多线条,在线脚上注明多少不等的钱数,然后把钱数卷藏了。请各人各选一根线头。发开线脚来看,各人依注明的数目出钱去买食物共吃,叫撒兰花)。他们或者拿撒来的钱买了各种糖果在校里吃,或者多撒些儿,大家上饭菜馆去,那更吃得畅快,谈得尽情。

然而我知道,他的欢喜约了人聚吃,并非征逐饮食,目的在于交际。因为他平素不贪吃,不饮酒,且反对饮酒,曾经在演讲比赛会中讲过"饮酒之害"这题目,大意说:酒能使人脑筋糊涂,非有为青年所宜饮。有害卫生还在其次。又说:中

一辈子率真

国之贫弱,非关于人民体格不强,实由于人民脑筋糊涂,只顾自己而不管国事之故。说得满堂师友大家拍手。拿演讲比赛的锦标送给他。他有这般的交际手腕和这般的荣誉,因此全校上下对他都有好感。只有他的级任教师微微不满于他,说他的学业成绩太差了。这也难怪,他实物这般忙,哪有工夫对付学业?能够保住六十分,不留级,已是亏他的了。总之,他在人类社会中是像皮球一般圆滑周转的一个人。除了睡眠以外,他几乎没有片刻的孤独生活。"与众乐乐""善与人同,乐取于人以为善",这种古话都可送给他作座右铭。他可以访我时必来访我。有时坐片刻就去,如他所说,是"专诚来望望"我的。我从他自己及他的父亲、先生和同学处知道他的性行。

现在离开学很近,恐怕这几天甲学生有些儿怅惘,而乙学生在那儿高兴了。

看灯

今晚我的船所要停泊的市镇上,正在举行"新生活运动提灯大会"。船头离岸尚远,早有鼓乐喧阗之声,从远近各处传入我的船室。船家夫妇从下午起,一直在船梢上恨恨地谈论昨夜失去的那条白绵绸裤子。新生活运动鼓乐之声能使他们转恨为喜,到这时候他们忽然起劲地摇着"盖面橹",兴致勃勃地话起那灯会中的"牡丹亭""白毛太狮"来。

市里的岸边停着许多客船,我们的船不能摇进市中,只得泊在市梢。船家夫妇做夜饭给我吃,同时为我谈起灯会的种种盛况。他们说这是难得看得到的;又说像我,描画的人,更是非看不可。他们能包我描得许多"出色"的画。最后又郑重

地叮嘱我,衣帽物件务要收藏得好,防恐蹈了昨夜的覆辙。

黄昏九时,我由船主人引导,穿过了一片汗臭的人海,来到毛厕斜对面的一所败屋的门前。船主人说,在这地方看灯再好勿有。别的房屋的门口,都站满着人,只有这庑下比较的空些。原来这败屋的门紧紧地关闭着,里面并无主人出来看灯,专把它庑下这块在当时千金难买的空地,让给像我这样的过路人驻足。我举头一看,望见檐下挂着一块破旧不堪的匾额,额上写着"土谷祠"三字,心想这里面大约没有阿Q,或者也有,而正在参加提灯,所以关着门。门外已疏朗朗地站着十来个人,但一边尚有几尺空地,好像是专为我和船主人留着的。走近一看,地下有着很大的一个水洼,其深不可测。船主人去近旁拾些砖头来,在这些水洼里填起两个浮墩,教我把足踏在浮墩上。他自己本来赤着脚,就像种莲花一般地把两脚插在水里,挺起胸部,等候着看灯。

这样地站着等候了约一小时之久,鼓乐之声渐渐地迫近来。路的两旁就有千百个人头,弯弯曲曲地伸进伸出,向鼓乐的来处探望,惟有我一人正襟危立,一些儿不动。人之见者,或将赞我镇静不躁,修养功夫极深。果尔,我将感谢我脚底下的两个浮墩。其实我早该感谢它们。因为这时候，站到土谷祠庑下来的人已渐次增加了不少，颇有些儿拥挤，但始终没有人敢挨近我身边来。我仿佛是占据着梁山泊的强徒，四面环绕着水，任何官兵不敢相犯。

鼓乐只管在近处喧阗。花灯只管不来。我的两脚只管保住了一尺半的距离而分立着，有些儿麻木了。我的眼睛只管望见罗汉像一般的人头，也有些儿看厌了。视线所及，只有斜对面毛厕上络绎不绝的小便者，变化丰富，姿势各殊，暂时代替花灯供我欣赏。这会我独得了珍奇的阅历：有生以来，从未对着这样拥挤的毛厕作这样长久的观察。吾今始知小便者的态度姿势变化之多。想描出几个，伸手向衣袋中摸速写簿，遍摸不得。料想是一小时之前通过人海时被挤出衣袋而落在途中了，或者被人误认作皮夹掏去了。我之所谓速写簿，其实只是六个铜板买来的一本小拍纸簿，厚纸的旁边装着一个自己手制的铅笔套，套内插着半支大华厂"唯一国货"的六Ｂ铅笔罢了。不过里面已经写着一幅船主人洗脚图，失去了略觉可惜；当时眼前的小便者的姿态无法速写，又觉得可惜。

继续看了络绎不绝的许多小便者之后，花灯方始迎来。

我目不转瞬地注视,想多看些,以偿盼待之劳。可是那些花灯都像灵隐道上的轿子一般匆匆地从我眼前抬过,不肯给我细看。而我呢,也因为在水泊中的浮墩上一动不动地继续站立了一小时多,异常疲劳,没有仔细看灯的精力了。只觉无数乒乓球制的小电灯在我眼前络绎不绝地经过,等它们过完之后,我靠了船主人的手援,跳出水泊,再穿过了汗臭的人海而归到船埠。

坐在船室中,船主人便问我今晚可得几幅画。我闭目探索,只有那毛厕中一个小便者的姿态,在我脑中留有明确的印象。便背摹其状。

英语教授我观[1]

英语教授,除了一般所注意的"How to read"("怎样读")和"How to speak"("怎样讲")以外,还有更重的一个要点,便是"How to think"("怎样想")。这要点,在浅薄的英文研究者,往往被忽略;在浅薄的英文教授者,也都不被注意,就徒然使得英语的真的价值不显著,而学者的英语研究的效果也浅薄了。"read"("读")和"speak"("讲"),譬如英语的皮毛,"think"("想")是英语的生命。英语教授者,都应该明白:在他的教鞭下的青年,为什么要学英语?要学真的英语呢还是只要学英语的皮毛?如果真要认识

---

[1] 本篇曾载1924年1月1日浙江上虞春晖中学校刊《春晖》第22期,署名:子恺。——编者注

那 Anglo-Saxon[①]的真精神,而要奏英语研究的完全的效果,非使他们掴[②]住英语的生命不可。

A,B,C 的发音,"shall and will"[③]的用法,已曾被多数英语教授者注意及了。多数的学生,单学得些英语的读法和说法而出校门了。他们都会读"open sesame!"[④],会说"Yes or no"[⑤]。然而真的英吉利人的思想、真的英文学的内容,在几本浅薄的教科书、文法书、会话书里,他们没有尝到过。这样的人,我觉得不能称为英语研究者,只能说是英语的"鹦鹉"。

"How to speak"和"How to read",当然原是英语研究的重要的基础。我所否的,是以"How to speak"和"How to read"为英语教授的唯一的职能的英语教授者。上海滩上的"来叫 come 去叫 go,一块洋钿温大龙[⑥]",当然是我们所不许的。英语极熟的外国洋行里、公馆里的走狗,也当然是我

---

① 英文,意为盎格鲁—撒克逊人,这里指英国人。——编者注
② 掴,疑为"柯","柯"为浙江方言,意即抓。——编者注
③ 英文,意即"(我)将和(你,他)将"。——编者注
④ 英文,意即"芝麻,开门",是个开门咒,源自《一千零一夜》中的一个故事。——编者注
⑤ 英文,意即"是或不是"。——编者注
⑥ 温大龙,是英文 one dollar(一元)的音译。——编者注

们所贱的。

孩稚的初级中学生,英语的基础还没有巩固,似乎配不上研究英文学。这话一半原是有理的。然而很大的误谬,往往就在这话里发生。A boy,A boy(一个男孩,一个男孩)还发音不来的儿童,当然用不到研究英文学的名目。然而英语渐渐进步起来,做教师的应该引导他向真的英语精神的路上,使他渐渐得到开英语的宝库的钥匙。一般 utilitarian(功利主义)的英语研究者或英语教师,以为 literature(文学)不是我们中学校的英语教师和学生的所有事;poem(诗)更加和中学校的英语没交涉。他们把"文学""诗"等名词看得高不可仰。一则由于他们的英语研究的肤浅,二则由于 utilitarian(功利主义者)的见解浅薄的 utilitarian 的思想,是中国一切参仿洋法的事业只有表面而内容糙乱的病根。银行手只晓得 balance due(结欠金额),站长只晓得 minutes late(晚点),工业者只晓得 engine(引擎,发动机),英文教师也就只晓得 model reader(模范读物),mother tongue(本国语言)。这样的皮毛的研究,只能算一种小聪明,何曾是研究?要除去这样的弊害,只有在无论何种学校的最初的英语教授上加注意，使他们的志望不局于 utilitarian 的狭小范围内，使他们懂得用"open, sesame！"的咒来打开真的英语精神的门，接触真的不列颠魂。在这目的之下，我主张灌输英文学和英诗的知识于学生。

一民族的思想的精华，藏在这民族的文学和诗里。一民族的真的精神，也藏在这民族的文学和诗里。

第一：在民族精神结合的点上着眼，学英语的学生，有研究英文学和英诗的必要。因为欲谋民族关系或国际的友谊的亲密，使人民研究他国民族文学是唯一的方法。两民族的亲善，全在民族和民族的互相了解。法国人有一句有名的格言"Tout comprendre, c'est tout pardonner"①，就是英国的"To understand everything is to pardon everything"②。历史上一切国际的交涉，都原因于两方没有相互的 understanding（了解），因之就不能互相 pardon（宽恕），就起争执。换句话说，我们如果 understand（了解）了操英语的民族，就真心地钦佩他们，就不会误解操英语的民族为"shop-

---

① 法文，意即"了解一切便是宽恕一切"。——编者注
② 英文，意义同上。——编者注

keepers"①，而作皮毛的模仿了。

第二：英文学，英诗，是世界上的思想的宝库。Shakespear（莎士比亚）以至 Kipling（吉卜林），许多诗人文人遗下许多的珍宝在这世界上，无论何人都有享受的自由。读过英美文学，像 Milton（弥尔顿），Shelley（雪莱），Browning（布朗宁），Emerson（爱默生），Whitman（惠特曼）等的制作的，谁不真心地崇拜操英语的民族！谁不感谢他们对后人的恩惠！教师对于学英语的人，都应该给以得接触英语的精髓的机会，以使他们以 understand 英语为目的。诗，原来不是十分艰深的别种的文字。中国向来有科举式的，极雕斫的诗，为一般人不解，因此就生了把诗看作异样的文字的因袭的观念。实在，好诗绝不是多数人所不解的。诗近于歌，人生确是先会诗歌而后能文言的。所以世界上 most popular（流传最广）的诗，都是学生所能够懂得的。英语教授者，正应该给学生以开这英语的宝库的钥匙。

第三：英美的民族，是 democracy（民主）和 liberty（自由）的民族。在文学中隐藏着这等真义。研究英语者，如果

---

① 英文，意即店主，此处含义源自对英国的蔑称"店小二之国"。——编者注

限于 A，B，C 的发音，shall，will 的用法等机械的钻求，把英语研究只当作一种技巧，或一种应酬的工具，或商业的媒介物，而疏忽了文学方面的研究，就永远不能 understand 英语，永远不能梦见真的英美民族的 democracy 和 liberty 的精神了。实在，要 understand 真的不列颠、真的亚美利加，不必远涉重洋，去拜访伦敦、纽约、芝加哥，只要伏在你的书斋的冷静的角里，或火炉旁边，熟读不列颠或亚美利加的著作家的杰作。读 Chaucer（乔叟）、读 Milton（弥尔顿）、读 Ruskin（罗斯金）和 Carlyle（卡莱尔）、读 Emerson（爱默生）和 Hawthorne（霍桑），就可以悟到英美的民族绝不是 shop-keepers，在他们的物质的国民性的内层，隐着一道勃勃的理想的泉流，就可以得到他们的 democracy 和 liberty 的真精神，就可以明白他们的道德的生活的基础，和现代的英美所以在世界上称优秀的原因了。

最后我对于 poem 的教授要讲几句话：poem 的教授，注意于内容的选择外，还应该讲求音乐的要素。大凡富于音乐的要素的诗歌文章，必容易动人的感情而使读者易于上口，而发生兴味。所以内容好而音节也好的诗，实在是学生的最适当的读物。再进理想一步,诗和歌互有联络的利益,即学校的文学科和音乐科应该有一种密切的相互关系。即如果借音乐来唱诗,岂不使音乐的歌词上更富于文学的要素,而使诗更富于音乐的要素吗?如果取英美的名词,配上英美的有名的旋律,合成音乐,岂不使学者得更切实地体验英美人的思想和精神,就容易更切实地 understand 英美吗?这样,读英语的学校,在音乐上自然可以有英语唱歌的教授,应该有英语唱歌的教授。实在,像英国国歌《God Save the King》(《天佑吾王》),美国民谣《Massa's in the Cold, Cold Ground》(《马萨安息在墓里》),旋律上弥漫着雄浑的英国趣味和殖民地的美国趣味,歌词上一则显出着国本巩固的英国气象,一则吐露着隐伏在移植于亚美利加的白人的心底里的怀祖国的悲哀。像这等歌曲,为音乐教授,固然可取;为音乐与英语的联络教授,也必然是可取的材料。

大道將成

子愷畫

读书

《中学生》杂志社出了一个关于"书"的题目来,命我写一篇随笔。倘要随我的笔写出,我新近到杭州去医眼疾,独游西湖,看了西湖上的字略有所感,让我先写些关于字的话吧。

以前到杭州,必伴着一群人,跟着众人的趋向而游西湖。走马看花地巡行,于各处皆不曾久留。这回独自来游,毫无牵累。又是为求医而来,闲玩似属天经地义,不妨于各处从容淹留。我每在一个寻常惯到的地方泡一碗茶,闲坐,闲行,闲看,闲想,便可勾留半日之久。

听了医生的话,身边不带一册书。但不幸而识字,望见

一辈子率真

眼前有文字的地方，会不期地睁着病眼去辨识。甚至于苦苦地寻认字迹，探索意味。我这回才注意到：西湖上发表着的文字非常之多，皇帝的御笔，名人士夫的联额，或勒石，或刻木冠，冠冕堂皇地，金碧辉煌地，装点在到处的寺院台榭中。这些都是所谓名笔，将与湖山同朽，千古留名的。但寺院台榭内的墙壁上，栋柱上，甚至门窗上，还拥挤着无数游客的题字，也是想留名于湖山的。其文字大意不过是"某年某月某日某人到此"而已，但表现之法各人不同：有的用炭条写，有的用铅笔写，有的带了（或许是借了）毛笔去写，又有的深恐风雨侵蚀他的芳名，特用油漆涂写。或者不是油漆，是画家的油画颜料。画家随身带着永不退色的法国罗佛朗制的油画颜料，要在这里留名千古，是很容易的。写的形式，又各人不同：有的字特别大，有的笔划特别粗，皆足以牵惹人目。有的在别人直书的上面故用横行、斜行的文字，更为显著而立异。又有的引用英文、世界语，使在满壁的汉字中别开生面。我每到一处地方，不论碑上的、额上的、壁上的、柱上的，凡是文字，都喜观玩。但有的地方实在汗牛充栋，尽半日淹留之长，到底不能一一读遍所有各家的大作。我想，倘要尽读全西湖上发表着的所有的文字，恐非有积年累月的闲工夫不可。

PART2 脚踏实地

　　我这回仅在惯到的几处闲玩二三日。但所看到的文字已经不少。推想别处，也不过是同样性质的东西增加分量罢了。每当目瞑意倦的时候，便回想关于所见的所感。勒石的御笔和金碧的名人手迹中，佳作固然有，但劣品亦处处皆是。它们全靠占着优胜的地位，施着华美的装潢，故能掩丑于无知者之前。若赤裸裸地品起美术的价值来，不及格的恐怕很多。壁上的炭条文字中，涂鸦固然多，但真率自然之笔亦复不少。有的似出于天真烂漫的儿童之手，有的似出于略识之无的工人之手。然而一种真率简劲的美，为金碧辉煌的作品中所不能见。可惜埋没在到处的暗壁角里，不易受世人的赏识，长使笔者为西湖上无名的作家耳。假如湖山的管领者肯选拔这些文字来，勒在石上，刻在木上，其美术的价值当比御笔的石碑高贵得多呢。

　　我的感想已经写完，但终于没有写到本题。倘读书与看字有共通的情形，就让读者"闻一以知二"罢。不然，我这篇随笔文不对题，让编辑先生丢在字纸笼里罢。

一九三三年九月

把酒話桑麻

子愷畫

野外理发处

　　我的船所泊的岸上，小杂货店旁边的草地上，停着一副剃头担。我躺在船榻上休息的时候，恰好从船窗中望见这副剃头担的全部。起初剃头司务独自坐在凳上吸烟，后来把凳让给另一个人坐了，就剃这个人的头。我手倦抛书，而昼梦不来。凝神纵目，眼前的船窗便化为画框，框中显出一幅现实的画图来。这图中的人物位置时时在变动，有时会变出极好的构图来，疏密匀称，姿势集中，宛如一幅写实派的西洋画。有时微嫌左右两旁空地太多太少，我便自己变更枕头的放处，以适应他们的变动，而求船窗中的妥帖的构图。但妥帖的构图不可常得，剃头司务忽左忽右忽前忽后，行动变化不测，我的枕头刚刚放定，他们的位置已经移变了。唯有那个被剃头的人，身披白布，当模特儿一般地静坐着，大类画中的人物。

平日看到剃头，总以为被剃者为主人，剃者为附从。故被剃者出钱雇用剃头司务，而剃头司务受命做工；被剃者端坐中央，而剃头司务盘旋奔走。但绘画地看来，适得其反：剃头司务为画中主人，而被剃者为附从。因为在姿势上，剃头司务提起精神做工，好像雕刻家正在制作，又好像屠户正在杀猪。而被剃者不管是谁，都垂头丧气地坐着，忍气吞声地让他弄，好像病人正在求医，罪人正在受刑。听说今春杭州举行金刚法会时，班禅喇嘛叫某剃头司务来剃一个头，送他十块钱，剃头司务叩头道谢。若果有其事，这剃头司务剃"活佛"之头，受十元之赏，而以大礼答谢，可谓荣幸而恭敬了。但我想当他工作的时候，"活佛"也是默默地把头交付他，任他支配的。假如有人照一张"喇嘛剃头"摄影，挂起来当作画看，画中的主人必是剃头司务，而喇嘛为剃头司务的附从。纯粹用感觉来看，剃头这景象中，似觉只有剃头司务一个人；被剃的人暂时变成了一件东西。因为他无声无息，呆若木鸡；全身用白布包裹，只留出毛毛草草的一个头，而这头又被操纵在剃头司务之手，全无自主之权。请外科郎中开刀的人要叫"啊唷哇",受刑罚的人要喊"青天大老爷",独有被剃头的人一声不响,绝对服从地把头让给别人弄。因为我在船窗中眺望岸上剃头的景象,在感觉上但见一个人的活动,而不觉得其为两个人的勾当。我很同情于这被剃者:那剃头司务不管耳、目、口、鼻,处处给他抹上水,涂上肥皂,弄得他淋漓满头;拨他的下巴,他只得仰起头来;拉他的耳朵,他只得旋转头去。这种身体的不自由之苦,在照相馆的镜头前面只吃数秒钟,犹可忍也;但在剃头司务手下要吃个把钟头,实在是人情所难堪的!我们岸上这位被剃头者,忍耐力格外强:他的身体常常为了适应剃头司务的工作而转侧倾斜,甚至身体的重心越出他所坐的凳子之外,还是勉力支撑。我躺在船里观看,代他感觉非常的吃力。人在被剃头的时候,暂时失却了人生的自由,而做了被人玩弄的傀儡。

我想把船窗中这幅图画移到纸上。起身取出速写簿,拿了铅笔等候着。等到妥帖的位置出现,便写了一幅,放在船中的小桌子上,自己批评且修改。这被剃头者全身蒙着白布,肢体不分,好似一个雪菩萨。幸而白布下端的左边露出凳子的脚,调剂了这一大块空白的寂寥。又全靠这凳脚与右边的剃头担子相对照,稳

固了全图的基础。凳脚原来只露一只,为了它在图中具有上述的两大效用,我擅把两脚都画出了。我又在凳脚的旁边,白布的下端,擅自添上一朵墨,当作被剃头者的黑裤的露出部分。我以为有了这一朵墨,白布愈加显见其白;剃头司务的鞋子的黑在画的下端不致孤独。而为全图的主眼的一大块黑色——剃头司务的背心——亦得分布其同类色于画的左下角,可以增进全图的统调。为求这黑色的统调,我的签字须写得特别粗大些。

　　船主人于我下船时,给十个铜板与小杂货店,向他们屋后的地上采了一篮豌豆来,现在已经煮熟,送进一盘来给我吃。看见我正在热心地弄画,便放了盘子来看。"啊,画了一副剃头担!"他说,"像在那里挖耳朵呢。小杂货店后面的街上有许多花样:捉牙虫的、测字的、旋糖的,还有打拳头卖膏药的……我刚才去采豆时从篱笆间望见,花样很多,明天去画!"我未及回答,在我背后的小洞门中探头出来看画的船主妇接着说:"先生,我们明天开到南浔去,那里有许多花园,去描花园景致!"她这话使我想起船舱里挂着的一张照相:那照相里所摄取的,是一株盘曲离奇的大树,树下的栏杆上靠着一个姿态闲雅而装束楚楚的女子,好像一位贵妇人;但从相貌上可以

PART2 脚踏实地

辨明她是我们的船主妇。大概这就是她所爱好的花园景致，所以她把自己盛妆了加入在里头，拍这一张照来挂在船舱里的。我很同情于她的一片苦心。这照片仿佛表示：她在物质生活上不幸而做了船娘，但在精神生活上十足地是一位贵妇人。世间颇有以为凡画必须优美华丽的人；以为只有风、花、雪、月、朱栏、长廊、美人、名士是画的题材的人。我们这船主妇可说是这种人的代表。我吃着豌豆和这船家夫妇俩谈了些闲话，他们就回船梢去做夜饭。

天色渐渐向晚，岸上剃头担已经挑去，只剩一片草地。我独坐船舱中等夜饭吃，乘闲考虑画的题目。这是最廉价的理发处，剃一个头只要十五个铜板。这恐怕是我国所独有的理发处。外国人见了或许要羡慕："中国人如何高雅而自然，不但幽人隐士爱好山水，连一般人的理发也欢喜在天光之下，蝴蝶飞舞的青草地上。"刚才船主告诉我："近来这种剃头担在乡间生意很好，本来出一角小洋上剃头店的人，现在都出十五个铜板坐剃头担了。"外国人看了这情形，以为中国人近来愈加高雅而自然了，我就美其名曰"野外理发处"吧。①

---

① 此末端在1957年版《缘缘堂随笔》中被作者删去，现予以恢复。——编者注

立达五周年纪念感想

立达五周年纪念了。在五周年纪念的时节,我便想起五年前立达诞生的光景。

现在全学园中,眼见立达诞生的人,已经很少。据我算来,只有匡先生,陶先生,练先生①,我,和校工郭志邦五个人。下面的旧话,可在我们五个人的心中唤起同样的感兴。

一九二四年的严冬,我们几个飘泊者在上海老靶子路租了两幢房子,挂起"立达中学"的招牌来。那时我日里②在西门的另一个学校中做教师,吃过夜饭,就搭上五路电车,到老

---

① 按即匡互生、陶载良、练为章。——编者注
② 日里,江南一带方言,意即白天。——编者注

靶子路的两幢房子里来帮办筹备工作。那时我们只有二三张板桌，和几只长凳，点一盏火油灯。我欢喜喝酒，每天晚上一到立达，从袋中摸出两只角子来，托"茶房"（就是郭志邦君，我们只有唯一的校工，故不称他郭志邦，而用"茶房"这个普通名词称呼他）去打黄酒。一面喝酒，一面商谈。吃完了酒，"茶房"烧些面给我们当夜饭吃。夜半模样，我再搭了五路电车回到我的寄食处去睡觉。——这样的日月，度过了约有三四个礼拜。正是这几天的天气。

不久我们为了房租太贵，雇了一辆榻车[①]，把全校迁到了小西门黄家阙的一所旧房子内，就开学了。在那里房租便宜得多，但房子也破旧得多。楼下吃饭的时候，常有灰尘或水渍从楼板上落在菜碗里。亭子间下面的灶间，是匡先生的办公处兼卧室。教室与走道没有间隔，陶先生去买了几条白布来挂上，当作板壁。……在那房子里上了半年课，迁居到江湾的自建的校舍——就是现在的立达学园——里，于兹四年半了。

讲起这种旧话，现在只有我们五个人心中有具象的回忆。我们五个人，对于立达这五岁的孩子，仿佛是接生的产婆。这

[①] 榻车，一种用人力拖拉的载货车。——编者注

孩子的长育，虽然全靠后来的许多乳母的功劳，但仅在这五周年纪念的一天，回想他的诞生的时候，我们五个人脸上似乎有些风光。

但讲到风光，五人中我最惭愧了。我看他诞生以后，五年之中，实在没有好好地抚育他，近来更是疏远。匡先生，陶先生，练先生对他的操心比我深厚得多；然而三位先生还不及郭志邦君的专一。五年间始终不懈地，专心地，出全力地为他服劳的，实在只有郭志邦君一人。

他在五年前给我打酒，为我们烧面，招呼我们搬家。在五年的一千八百天中，不断地看守门房，收发信件，打钟报时，经过他的手的信件，倘以平均每日收发一百封计，已有十万八千封。他的打钟，倘以平均每天二十次计，已有三万六千次。但他的态度未尝稍变，他的服务未尝稍懈，五年如一日。苦患的时候——例如前年的兵灾——他站在前面；享乐的时候——例如开同乐会——他退在后面。而他所得的工资，又常是微薄得很的。青年的园友们，试想想看：这种刻苦坚忍，谦虚，知足的精神，我们应该如何钦佩！在五周年纪念会的席上，我们应该赠他"立达的元勋"的尊号呢。

PART2 脚踏实地

我在立达五周年纪念节所起的感想,只有这一点对志邦君的惭愧心。

PART3

天马行空

閒院桃花取次開　昨日踏青心約來孃乖
嗚呼東鄰女伴女待莫相催
著得鳳頭鞋子即當來

子愷畫

天的文学[1]

晚上九点半钟以后,孩子们都已熟睡,别人不会再来找我,便是我自己的时间了。

照例喝过一杯茶,用大学[2]眼药擦过眼睛,点起一支香烟,从书架上抽了一张星座图,悄悄地到门前的广场上去看星。

一支香烟是必要的。星座位置认不清楚的时候,可以把它当作灯,向图中探索一下。

看到北斗沉下去,只见斗柄的时候,我回到房间里,

---

[1] 本篇曾载1927年7月10日《小说月报》第18卷第7号。——编者注
[2] 大学是日本大阪参天堂药铺产销的一种眼药牌子。——编者注

拿一册《天文学》来一翻。用铅笔在纸上试算：地球一匝为七万二千里，光每秒钟绕地球七匝，即每秒钟行五十万四千里；一小时有三千六百秒，一天有八万六千四百秒，一年有三万一千一百零四万秒[①]；光走一年的路长，为五十万四千乘三万一千一百零四万里，即一"光年"之长。自地球到织女星的距离为十光年，到牵牛星的距离为十四光年，到大熊星的星云要一千万光年！……我算到这里，忽然头痛起来，手里的铅笔沉重得不能移动，没有再算下去的精神了。于是放下铅笔，抛弃纸头，倒在床里了。

我躺在床上，从枕上窥见窗外的星，如练的银河，"秋宵的女王"的织女，南王的热闹。啊，秋夜的盛妆！我忘记了我的头痛了。我脑中浮出朝华的诗句来："织女明星来枕上，了知身不在人间。"立刻似乎身轻如羽，翱翔于星座之间了。

我俯视银河之波澜，访问织女的孤居，抚慰卡丽斯德神女的化身的大熊……"地球，再会！"我今晚要徜徉于银河之滨，牛女北斗之间了。

[①] 计算有误。应为三千一百五十三万六千秒。——编者注

第二天早晨起来,我脑中历历地残留着昨夜的星界漫游的记忆;可是昨夜的头痛,也还保留着一些余味。

我想:几万万里,几千万年,算它做什么?天文本来是"天的文学",谁教你们算的?

蝌蚪

一

每度放笔,凭在楼窗上小憩的时候,望下去看见庭中的花台的边上,许多花盆的旁边,并放着一只印着蓝色图案模样的洋瓷面盆。我起初看见的时候,以为是洗衣物的人偶然寄存着的。在灰色而简素的花台的边上,许多形式朴陋的瓦质的花盆的旁边,配置一个机械制造而施着近代风图案的精巧的洋瓷面盆,绘画地看来,很不调和。假如眼底展开着的是一张画纸,我颇想找块橡皮来揩去它。

一辈子率真

一天,二天,三天,洋瓷面盆尽管放在花台的边上。这表示它不是偶然寄存,而负着一种使命。晚上凭窗闲眺的时候,看见放学出来的孩子们聚在墙下拍皮球。我欲知道洋瓷面盆的意义,便提出来问他们,才知道这面盆里养着蝌蚪,是春假中他们向田里捉来的。我久不来庭中细看,全然没有知道我家新近养着这些小动物;又因面盆中那些蓝色的图案,细碎而繁多,蝌蚪混迹于其间,我从楼窗上望下去,全然看不出来。蝌蚪是我儿时爱玩的东西,又是学童时代教科书里最感兴味的东西,说起来可以牵惹种种的回想,我便专诚下楼来看它们。

洋瓷面盆里盛着大半盆清水,瓜子大小的蝌蚪十数个。抖着尾巴,急急忙忙地游来游去,好像在找寻什么东西。孩子们看见我来欣赏他们的作品,大家围集拢来,得意地把关于这作品的种种话告诉我:

"这是从大井头的田里捉来的。"

"是清明那一天捉来的。"

"我们用手捧了来的。"

"我们天天换清水的呀。"

"这好像黑色的金鱼。"

"这比金鱼更可爱!"

"它们为什么不绝地游来游去?"

"它们为什么还不变青蛙?"

他们的疑问把我提醒,我看见眼前这盆玲珑活泼的小动物,忽然变成了一种苦闷的象征。

我见这洋瓷面盆仿佛是蝌蚪的沙漠。它们不绝地游来游去,是为了找寻食物。它们的久不变成青蛙,是为了不得其生活之所。这几天晚上,附近田里蛙鼓的合奏之声,早已传达到我的床里了。这些蝌蚪倘有耳,一定也会听见它们的同类的歌声。听到了一定悲伤,每晚在这洋瓷面盆里哭泣,亦未可知!它们身上有着泥土水草一般的保护色,它们只合在有滋润的泥土、丰肥的青苔的水田里生活滋长。在那里有它们的营养物,有它们的安息所,有它们的游乐处,还有它们的大群的伴侣。现在被这些孩子们捉了来,关在这洋瓷面盆里,四周围着坚硬的洋铁,全身浸着淡薄的白水,所接触的不是同运命的受难者,便是冷酷的珐琅质。任凭它们镇日急急忙忙地游来游去,终于找不到一种保护它们、慰安它们、生息它们的东西。这在它们是一片渡不尽的大沙漠。它们将以幼虫之身,默默地夭死在这

洋瓷面盆里，没有成长变化，而在青草池塘中唱歌跳舞的欢乐的希望了。

这是苦闷的象征，这象征着某种生活之下的人的灵魂！

二

我劝告孩子们："你们只管把蝌蚪养在洋瓷面盆中的清水里，它们不得充分的养料和成长的地方，永远不能变成青蛙，将来统统饿死在这洋瓷面盆里！你们不要当它们金鱼看待！金鱼原是鱼类，可以一辈子长在水里；蝌蚪是两栖类动物的幼虫，它们盼望长大，长大了要上陆，不能长居水里。你看它们急急忙忙地游来游去，找寻食物和泥土，无论如何也找不到，样子多么可怜！"

孩子们被我这话感动了，颦蹙地向洋瓷面盆里看。有几人便问我："那么，怎么好呢？"

我说："最好是送它们回家——拿去倒在田里。过几天你们去探访,它们都已变成青蛙,'哥哥,哥哥'地叫你们了。"

孩子们都欢喜赞成,就有两人抬着洋瓷面盆,立刻要送它们回家。

我说:"天将晚了,我们再留它们一夜,明天送回去吧。现在走到花台里拿些它们所欢喜的泥来,放在面盆里,可以让它们吃吃,玩玩。也可让它们知道,我们不再虐待它们,我们先当作客人款待它们一下,明天就护送它们回家。"

孩子们立刻去捧泥,纷纷地把泥投进面盆里去。有的人叫着:"轻轻地,轻轻地!看压伤了它们!"

不久,洋瓷面盆底里的蓝色的图案都被泥土遮掩。那些蝌蚪统统钻进泥里,一只也看不见了。一个孩子寻了好久,锁着眉头说:"不要都压死了?"便伸手到水里拿开一块泥来看。但见四个蝌蚪密集在面盆底上的泥的凹洞里,四个头凑在一点,尾巴向外放射,好像在那里共食什么东西,或者共谈什么话。忽然一个蝌蚪摇动尾巴,急急忙忙地游了开去。游到别的一个泥洞里去一转,带了别的一个蝌蚪出来,回到原处。五个人聚在一起,五根尾巴一齐抖动起来,成为五条放射形的曲线,样子非常美丽。孩子们呀呀地叫将起来。我也暂时忘记了自己的年龄,附和着他们的声音呀呀地叫了几声。

随后就有几人异口同声地要求:"我们不要送它们回家,我们要养在这里!"我在当时的感情上也有这样的要求;但觉左右为难,一时没有话回答他们,踌躇地微笑着。一个孩子恍然大悟地叫道:"好!我们在墙角里掘一个小池塘,倒满了水,同田里一样,就把它们养在那里。它们大起来变成青蛙,就在墙角里的地上跳来跳去。"大家拍手说:"好!"我也附和着说:"好!"大的孩子立刻找到种花用的小锄头,向墙角的泥地上去垦。不久,垦成了面盆大的一个池塘。大家说:"够大了,够大了!""拿水来,拿水来!"就有两个孩子扛开水缸的盖,用浇花壶提了一壶水来,倾在新开的小池塘里。起初水满满的,后来被泥土吸收,渐渐地浅起来。大家说:"水不够,水不够。"小的孩子要再去提水,大的孩子说:"不必了,不必了,我们只要把洋瓷面盆里的水连泥和蝌蚪倒进塘里,就正好了。"大家赞成。蝌蚪的迁居就这样地完成了。

夜色朦胧,屋内已经上灯。许多孩子每人带了一双泥手,欢喜地回进屋里去,回头叫着:"蝌蚪,再会!""蝌蚪,再会！""明天再来看你们！""明天再来看你们！"一个小的孩子接着说："明天它们也许变成青蛙了。"

三

洋瓷面盆里的蝌蚪，由孩子们给迁居在墙角里新开的池塘里了。孩子们满怀的希望，等候着它们的变成青蛙。我便怅然地想起了前几天遗弃在上海的旅馆里的四只小蝌蚪。

今年的清明节，我在旅中度送。乡居太久了有些儿厌倦，想调节一下。就在这清明的时节，做了路上的行人。时值春假，一孩子便跟了我走。清明的次日，我们来到上海。十里洋场，我一看就生厌，还是到城隍庙里去坐坐茶店，买买零星玩意，倒有趣味。孩子在市场的一角看中了养在玻璃瓶里的蝌蚪，指着了要买。出十个铜板买了。后来我用拇指按住了瓶上的小孔，坐在黄包车里带它回旅馆去。

回到旅馆，放在电灯底下的桌子上观赏这瓶蝌蚪，觉得

一辈子率真

很是别致:这真像一瓶金鱼,共有四只。颜色虽不及金鱼的漂亮,但是游泳的姿势比金鱼更为活泼可爱。当它们游在瓶边上时,我们可以察知它们的实际的大小只及半粒瓜子。但当它们游到瓶中央时,玻璃瓶与水的凸镜的作用把它们的形体放大,变化参差地映入我们的眼中,样子很是好看。而在这都会的旅馆的楼上的五十支光电灯底下看这东西,愈加觉得稀奇。这是春日田中很多的东西,要是在乡间,随你要多少,不妨用斗来量。但在这不见自然面影的都会里,不及半粒瓜子大的四只,便已可贵,要装在玻璃瓶内当作金鱼欣赏了,真有些儿可怜。而我们,原是常住在乡间田畔的人,在这清明节离去了乡间而到红尘万丈的中心的洋楼上来鉴赏玻璃瓶里的四只小蝌蚪,自己觉得好笑。这好比富翁舍弃了家里的酒池肉林而加入贫民队里来吃大饼油条;又好比帝王舍弃了上苑三千而到民间来钻穴窥墙。

一天晚上,我正在床上休息的时候,孩子在桌上玩弄这玻璃瓶,一个失手,把它打破了。水泛滥在桌子上,里面带着大大小小的玻璃碎片,蝌蚪躺在桌上的水痕中蠕动,好似涸辙之鲋,演成不可收拾的光景,归我来办善后。善后之法,第一

要救命。我先拿一只茶杯,去茶房那里要些冷水来,把桌上的四个蝌蚪轻轻地掇进茶杯中,供在镜台上了。然后一一拾去玻璃的碎片,揩干桌子。约费了半小时的扰攘,好容易把善后办完了。去镜台上看看茶杯里的四只蝌蚪,身体都无恙,依然是不绝地游来游去,但形体好像小了些,似乎不是原来的蝌蚪了。以前养在玻璃瓶中的时候,因有凸镜的作用,其形状忽大忽小,变化百出,好看得多。现在倒在茶杯里一看,觉得就只是寻常乡间田里的四只蝌蚪,全不足观。都会真是枪花① 繁多的地方,寻常之物,一到都会里就了不起。这十里洋场的繁华世界,恐怕也全靠着玻璃瓶的凸镜的作用映成如此光怪陆离。一旦失手把玻璃瓶打破了,恐怕也只是寻常乡间田里的四只蝌蚪罢了。

  过了几天,家里又有人来上海玩。我们的房间嫌小了,就改赁大房间。大人,孩子,加以茶房,七手八脚地把衣物搬迁。搬迁之后立刻出去看上海。为经济时间计,一天到晚跑在外面,乘车,买物,访友,游玩,少有在旅馆里坐的时候,竟把小房间里镜台上的茶杯里的四只小蝌蚪完全忘却了;直到回家后数天,看到花台边上洋瓷面盆里的蝌蚪的时候,

---

① 枪花,江南方言,意即欺人之计。——编者注

方然忆及。现在孩子们给洋瓷面盆里的蝌蚪迁居在墙角里新开的小池塘里,满怀的希望,等候着它们的变成青蛙。我更怅然地想起了遗弃在上海的旅馆里的四只蝌蚪。不知它们的结果如何。

大约它们已被茶房妙生倒在痰盂里,枯死在垃圾桶里了?妙生欢喜金铃子,去年曾经想把两对金铃子养过冬,我每次到这旅馆时,他总拿出他的牛筋盒子来给我看,为我谈种种关于金铃子的话。也许他能把对金铃子的爱推移到这四只蝌蚪身上,代我们养着,现在世间还有这四只蝌蚪的小性命的存在,亦未可知。

然而我希望它们不存在。倘还存在,想起了越是可哀!它们不是金鱼,不愿住在玻璃瓶里供人观赏。它们指望着生长,发展,变成了青蛙而在大自然的怀中唱歌跳舞。它们所憧憬的故乡,是水草丰足,春泥粘润的田畴间,是映着天光云影的青草池塘。如今把它们关在这商业大都市的中央,石路的旁边,铁筋建筑的楼上,水门汀砌的房笼内,瓷制的小茶杯里,除了从自来水龙头上放出来的一勺之水以外,周围都是瓷,砖,石,铁,钢,玻璃,电线,和煤烟,都是不适于它们的生活而足以致它们死命的东西。世间的凄凉，残酷，和悲惨，无过于此。这是苦闷的象征，这象征着某种生活之下的人的灵魂！

假如有谁来报告我这四只蝌蚪的确还存在于那旅馆中，为了象征的意义，我准拟立刻动身，专赴那旅馆中去救它们出来，放乎青草池塘之中。

云霓

这是去年夏天的事。

两个月不下雨。太阳每天晒十五小时。寒暑表中的水银每天爬到百度之上。河底处处向天。池塘成为洼地。野草变作黄色而矗立在灰白色的干土中。大热的苦闷和大旱的恐慌充塞了人间。

室内没有一处地方不热。坐凳子好像坐在铜火炉上。按桌子好像按着了烟囱。洋蜡烛从台上弯下来,弯成磁铁的形状,薄荷锭在桌子上放了一会,旋开来统统溶化而蒸发了。狗子伸着舌头伏在桌子底下喘息,人们各占住了一个门口而不息地挥扇。挥的手腕欲断,汗水还是不绝地流。汗水虽多,饮水却成问题。远处挑来的要四角钱一担,倒在水缸里好像乳汁,近处挑来的也要十个铜板一担,沉淀起来的有小半担是泥。有钱买水的人家,大家省省地用水。洗过面的水留着洗衣服,洗过衣服的水留着洗裤。洗过裤的水再留着浇花。没有钱买水的人家,小脚的母亲和数岁的孩子带了桶到远处去扛。每天愁热愁水,还要愁未来的旱荒。迟耕的地方还没有种田,田土已硬得同石头一般。早耕的地方苗秧已长,但都变成枯草了。尽驱全村的男子踏水。先由大河踏进小河,再由小河踏进港汊,再由港汊踏进田里。但一日工作十五小时,人们所踏进来的水,不够一日照临十五小时太阳的蒸发。今天来个消息,西南角上的田禾全变黄色了;明天又来个消息,运河岸上的水车增至八百几十部了。人们相见时,最初徒唤奈何:"只管不下雨怎么办呢?""天公竟把落雨这件事根本忘记了!"但后来得到一个结论,大家一见面就惶恐地相告:"再过十天不雨,大荒年来了!"

此后的十天内,大家不暇愁热,眼巴巴的只望下雨。每天一早醒来,第一件事是问天气。然而天气只管是晴,晴,晴……一直晴了十天。第十天以后还是晴,晴,晴……晴到不计其数。

PART3 天马行空

有几个人绝望地说:"即使现在马上下雨,已经来不及了。"然而多数人并不绝望:农人依旧拼命踏水,连黄发垂髫都出来参加。镇上的人依旧天天仰首看天,希望它即刻下雨,或者还有万一的补救。他们所以不绝望者,为的是十余日来东南角上天天挂着几朵云霓,它们忽浮忽沉,忽大忽小,忽明忽暗,忽聚忽散,向人们显示种种欲雨的现象,维持着他们的一线希望,有时它们升起来,大起来,黑起来,似乎义勇地向踏水的和看天的人说:"不要失望!我们带雨来了!"于是踏水的人增加了勇气,愈加拼命地踏,看天的人得着了希望,欣欣然有喜色而相与欢呼:"落雨了!落雨了!"年老者摇着双手阻止他们:"喊不得,喊不得,要吓退的啊。"不久那些云霓果然被吓退了,它们在炎阳之下渐渐地下去,少起来,淡起来,散开去,终于隐伏在地平线下,人们空欢喜了一场,依旧回进大热的苦闷和大旱的恐慌中。每天有一场空欢喜,但每天逃不出苦闷和恐怖。原来这些云霓只是挂着给人看看,空空地给人安慰和勉励而已。后来人们都看穿了,任它们五色灿烂地飘游在天空,只管低着头和热与旱奋斗,得过且过地度日子,不再上那些虚空的云霓的当了。

这是去年夏天的事。后来天终于下雨,但已无补于事,

大荒年终于出现。现在,农人啖着糠粞,工人闲着工具,商人守着空柜,都在那里等候蚕熟和麦熟,不再回忆过去的旧事了。

我现在为什么在这里重提旧事呢?因为我在大旱时曾为这云霓描一幅画。现在从大旱以来所作画中选出民间生活描写的六十幅来,结集为一册书,把这幅《云霓》冠卷首,就名其书为《云霓》。这也不仅是模仿《关雎》《葛覃》,取首句作篇名而已,因为我觉得现代的民间,始终充塞着大热似的苦闷和大旱似的恐慌,而且也有几朵"云霓"始终挂在我们的眼前,时时用美好的形态来安慰我们,勉励我们,维持我们生活前途的一线希望,与去年夏天的状况无异。就记述这状况,当作该书的代序。

记述即毕,自己起了疑问:我这《云霓》能不空空地给人玩赏?能满足大旱时代的渴望么?自己知道都不能。因为这里所描的云霓太小了,太少了。似乎这几朵怎能沛然下雨呢?恐怕也只能空空地给人玩赏一下,然后任其消沉到地平线底下去的吧。

标题音乐[①]

"雨是从哪里落下来的?"

窗外一个孩子的话声牵惹了我的注意。我放下手中的书,侧着耳朵,静听下文。

"雨?雨是天上菩萨[②] 落下来的呀!"

李家大妈用竹丝扫帚"沙沙"地扫着天井里的梅雨的积水,有口无心地回答四岁的一宁[③] 的质问。一宁把"天上菩萨"这个名词反复说了三遍,似乎对它颇感兴味的,但继续又是疑问:

[①] 本篇曾载1933年8月1日《文学》月刊第1卷第2号。——编者注
[②] 在作者家乡一带,称老天爷为"天上菩萨"。——编者注
[③] 一宁,作者之幼女,后改名一吟。——编者注

PART3 天马行空

"天上菩萨面盆里倒出来的吗,天上菩萨?"

她大约是要练习这刚才学来的新名词"天上菩萨",所以尽量地应用,开头用一个,末脚再用一个。

"嗳!勿错!天上菩萨!乖官官①,真聪明!"

李家大妈把说话合上了"沙沙"的拍子,有口无心地,断断续续地回答。

我听了发生兴味,抛弃手中的书,立起身来,准备开门去参加他们的说话。但又立刻缩回开门的手,仍旧坐下来,侧着耳朵静听。因为我忽然悟到,我似乎没有参与她们那种说话的资格。

"面盆呢?面盆在哪里?"

这回一宁的话声比前响亮得多。我想见她正在仰起头向空中找寻面盆,朝天喊着。但李家大妈只管拼命地"沙沙",置之不答,恐怕是没有听见她的话的。她接连问了几遍,带着哭声了。李家大妈这才停止了"沙沙"声,而专任对付她:

---

① 官官,作者家乡一带对小主人的称呼。——编者注

 一辈子率真

"什么了,什么了?"

"面盆呢!你为啥勿响?"

"面盆?"李家大妈惊奇地反问,"要面盆做什么?面盆水弄勿得,弄湿了衣裳姆妈要骂。"

"勿是!"一宁顿着脚,恨恨地喊,"喏:落雨呀,面盆呢?面盆在哪里?"

"落雨世界①,面盆水弄勿得,弄湿了衣裳姆妈要骂。"李家大妈说过,便开始"沙沙"地扫到大门口去了。

一宁在阶沿上顿着足,连叫"勿是!勿是!勿是!"但李家大妈愈扫愈远,渐渐扫到门外去了。一宁便开始盛气地号哭。

我隔着窗子静听,明知道她是被误解而受冤屈了。那老太婆真是糊涂透顶!我恨不得把自己的灵魂钻进一宁的身体中,帮她表白,但立刻知道无须。因为我静听她的哭声,觉得其抑扬顿挫的音节中已雄辩地详尽地发泄着她心中的愤懑了。现在我试把这片洋洋的哭声翻译为言语:

"你这老太婆该死!我刚才问你'雨是否是天上菩萨从

---

① 石门湾方言,称天气为世界。——作者原注

面盆里倒出来的',你不是说过'勿错',又赞我'聪明'吗?既然我的话是'勿错'的,现在我就请你把天上菩萨的面盆指出来给我看!怎么你又诬我想弄面盆水呢?既然你赞我'聪明',我这质问正是'聪明'的进步,怎么你反拿'姆妈要骂'这等话来坍我的台呢?你所答非所问,你无端污人清白!你这老太婆该死!"

我因此联想到近代的"标题音乐"(program music)——用音描写事象或心情的音乐,换言之,含有文学的内容的音乐。裴德芬[贝多芬(Beethoven)]以来世间所盛行的标题音乐,就是从我家的一宁的哭声进步而成的。

热天写稿[1]

从夏至到现在,半个多月以来,天好像生了大病。人们相见时第一句总是"你看今天有得好些吗?"回答的大概是"不见得!比昨天更热了!"或者是"连风都没有了"。至多是"稍微好些"。寒暑表上的水银好像一个勤勉学生的争分数,只想弄到 full mark(满分),或竟超出其上。

吾乡有俗语说:"陈抟老祖活了八百,勿曾见过黄梅水勿发。"可见陈抟老祖的寿命太短,眼界未广。假如他能活到今年,就说不出这句话。今年的黄梅时节,看来不是迟到,而是请假了。现在快到初伏,还是天天青天白日,浇上水去也不

[1] 本篇曾载1934年8月1日《论语》第4卷第46期。——编者注

会落下雨来似的。河里、池里、田里,都已见底。草木禾秧快要枯死。正是"黄梅时节家家旱,枯草池塘处处泥"。

在这大热大旱的时候,我所感到困苦的,第一是笔头的易干。那枝羊毛笔必须一刻不停地工作;停了片刻,笔头上就干结,非润笔不可。只管要润笔也讨厌。于是我右手握笔,左手拿了储水的铜笔套等候着。等到停笔的时候,立刻把笔套进铜笔套管里,要写时再拔出来。然而这方法也不完全有效。到后来铜笔套管里储蓄着的水蘸干了,套了一会拔出来,笔头还是干结,写不出字。总之,在这样热的天气之下写稿,终非时时润笔不可。

润笔的地方,不外砚子和水盂。这两处的水,看似比我的笔端多得多,但也不能时时润我的笔,砚子里望去好似汪洋一片黑海,其实只有表面薄薄的一层水,底下便硬如石田了。在这样热的天气之下,这薄薄的一层墨水也很容易干燥;若是新砚子,这薄薄的一层墨水给它自己吸收还不够,哪里还有余沥来润我的笔?逢到这种时光,我只得拿笔向水盂去蘸。水盂中固然可以装很多的水,然而我的笔也不能每次蘸到。因为它的消费也很多:第一,每天被白日蒸发掉的水不少。第二,那

PART3 天马行空

只小猫阿花每天要来饮水一二次。这几天天气特别热,它又穿上那件翻转皮外套,热得厉害,口也渴得厉害,每天要来饮水三四次。虽然不是牛饮,但水盂的容量毕竟有限,禁不起猫饮三四次的。所以我把干结的笔放到砚子上,或者伸进水盂里,往往不得润湿,非另外设法求水不可。有时感觉麻烦不过,投笔而起,往有风的地方去乘凉了。旱年没得清茶喝,喝几口南风,或者西风,也觉爽快。

在这样大旱大热的天气之下,我希望换一种无须润的笔来写稿。换用外国式的钢笔、自来水笔吗?不行!外国人用的钢笔,需要润笔尤多!在平时,写了几个字,就非伸进墨水瓶里去蘸水不可,到了这样炎热的时光,其蘸水尤勤。任凭你用最新式的波罗笔头,写了一行字笔头也就干结。而且墨水瓶中水也特别容易蒸发。蒸发完了,非出几毛大洋[1] 去另买一瓶墨水不可。用自来水笔呢,凭着笔管里暗中储蓄的效力,似觉墨水源源而来,笔头不怕不润。然而橡皮管子里储蓄容易用完,用完之后,要求吸水更多。浅浅的墨水瓶还够不上给它吸,它非沉浸在满满的墨水瓶中吸一个饱不可。况且橡皮管里储蓄着

---

[1] 当时角币有大洋小洋之分:一毛大洋合30个铜板,一毛小洋合25个铜板。——编者注

的墨水,在这几天的炎暑期中,也不能顺利供给到你的笔头上来。往往在笔头上干结而阻滞墨水的来路,教你写不出字。故在这几天写稿,中国的毛笔和西洋的钢笔,自来水笔,都时时刻刻地要润笔,都是不适用的。

我想,无须润笔的,只有铅笔或木炭。铅笔用钝了要削,仍不免麻烦。只有木炭可以爽爽快快地一直用到底,没有什么润笔,吸水等讨厌的事。我们不要那种经过许多人工或装着许多机关的笔,我们可拿农人种在堤旁的柳枝,或者木匠劈下来的木条来,教它受火的洗礼,造成一种极真率,自然,而便利的笔。用这种笔,欢喜写的时候便写,应该写的时候便写,没有笔头干结的阻碍,也没有润笔的需要,写稿真是何等爽快的事!但稿纸上这种细碎的格子必须放大或除去。否则用这种笔写字仍受拘束;不受拘束时好像一种越轨行动。

养鸭

除了假日有长长大大的四个学生——两大学,一高中,一专科——回家来热闹一番之外,经常住在家里的只有三个半人:我们老夫妇二人,一个男工,和一个五岁的男孩。但畜生倒有八口:两狗,两猫,两鸽和两鸭。有一位朋友看见了说:"人少畜生多。"

而这许多畜生之中,我最喜欢的是两只鸭。狗是为了防窃贼设法讨来的;猫是为了抵抗老鼠出了四百多块钱买来的,都有实用性。并且狗的贪婪,无耻和势利,猫的凶狠和谄媚,根本不能使我喜欢。至于鸽子呢,新近友人送来的,养得不久;我虽久仰他们的敏捷和信义,但是交情还浅,尚未领教,也只

PART3 天马行空

得派在不欢喜之列。惟有两只鸭,我觉得有意思。

这一对鸭不是原配,是一个寡妇和一个第二后夫。来由是这样的:今年暮春,一吟(就是那专科学生)从街上买了一对小鸭回来。小得很,两只可以并排站在手掌上。白天在水田游泳,晚上共睡在一只小篮里,挂在梁上:为的是怕黄鼠狼拖去吃。鸭子长得很快,不久小篮嫌挤,就改睡在一个字纸篓里,还是挂在梁上。有一天半夜里,我半睡中听见室内哗啦哗啦地响,后来是鸭子叫。我连忙起身,拿电筒一照,只见字纸篓正在摇荡中,下面地上,一只小雄鸭仰卧在血泊中。仔细一看,头颈已被咬断,血如泉涌了。连忙探望字纸篓,小雌鸭幸而还在。环视室内,凶手早已不知去向了。这件血案闹得全家的人都起来。看看残生的小雌鸭,各人叹了好几口气。

后来一吟又买了一只小雄鸭来。大小和小雌鸭仿佛。几日来,小雌鸭形单影只,如今又鹣鹣鲽鲽了。自从那件血案发生以后,我们每晚戒备很严,这一对续弦的小鸭,安全地长大起来,直到七月初我们迁居新屋的时候,已经长成一对中鸭了。新屋四周没有邻居,却有篱笆围着一大块空地。我们在篱笆内掘一个小塘,就称为乳鸭池塘。一对鸭子尽日在篱笆内仰观俯察,逡巡游泳,在我的岑寂的闲居生活上增添了一种生趣。不知不觉之间,它们已长成大鸭,全身雪白,两脚大黄①,翅膀上几根羽毛,黑色里透着金光,很是美观。它们晚上睡在屋檐下一只箩子底下。箩子上面压上一块石板,也是为防黄鼠狼。谁知有一天的破晓,我睡醒来,听见连新——我们的男工,在叫喊。起来探问,才知道一只雄鸭又被拖去了,一道血迹从箩子边洒到篱笆的一个洞口,洞外也有些点滴,迤逦向荒山而去。查问根由,原来昨夜连新忘记在箩子上压石板,黄鼠狼就来启箩偷鸭了。既经的疏忽也不必责咎。只是以后的情景着实可怜。那雌鸭放出箩来,东寻西找,仰天长鸣,"轧轧"之声,竟日不绝。其声慌张,焦躁,而似乎含有痛楚,使闻者大为不安。所谓"行人驻足听,寡妇起彷徨"者,大约是类乎此的鸣声吧。以前小雄鸭被害了,她满不在乎,照旧吃食游水,我曾经笑她"她毕竟是禽兽!"但照如今看来,毕竟是人的同类,也是含识的,有情的众生。傍晚我偶然走到箩子旁边,看见早上喂的饭全没有动。

雌鸭"丧其所天"之后,一连三四日"轧轧"地哀鸣,

---

① 大黄,即橙黄。——编者注

东张西望地寻觅。后来也就沉静了。但样子很异常，时时俯在地上叩头，同时"咯咯"地叫。从前的邻人周婆婆来，看见了，说她是需要雄鸭。我们就托周婆婆做媒，过了几天，周婆婆果然提了一只雄鸭来，身材同她一样大小，毛色比她更加鲜美。雄鸭一到地上，立刻跟着雌鸭悠然而逝，直到屋后篱角，花荫深处盘桓了。他们好像是旧相识的。

这一对鸭就是我现在所喜欢的畜生。我喜欢他们，不仅为了上述的一段哀史，大半也是为了鸭这种动物的性行。从前意大利的辽巴第〔列奥巴尔迪（Leopardi）〕喜欢鸟，曾作"百鸟颂"。鸭也是鸟类，却没有被颂在里头，我实在要替鸭抱不平。许多人说，鸭步行的态度太难看。我以为不然，摇摇摆摆地走路，样子天真自然，另有一种"滑稽美"。狗走起路来皇皇如也，好像去赶公事；猫走起路来偷偷摸摸，好像去干暗杀，这才是真难看。但我之所以喜欢鸭子，主要是为了他们的廉耻。人去喂食的时候，鸭一定远远地避开。直到人去远了才慢慢地走近来吃。正在吃的时候，倘有人远远地走过来，一定立刻舍食而去，绝不留恋。虽然鸭子终吃了人们的饭，但其态度非常漂亮，绝不摇尾乞怜，绝不贪婪争食，颇有"履霜坚冰"之操，"不食嗟来"之志，比较之下，狗和猫实在可耻：狗之贪食，恐怕动物中无出其右了。喂食的时候，人还没有走到食盆边，狗已摇头摆尾地先到，而且把头向空盆里乱钻。所以倒下去的食物往往都倒在狗头上。猫是上桌子的畜生，其贪吃更属可怕。不管是灶头上，柜子里，乘人不备，到处偷吃。甚至于人们吃饭的时候，会跳上人膝，向人的饭碗里抢东西吃。一旦抢到了美味的食物，若有人追打，便发出一种吼声，其声的凶狠，可以使人想象老虎或雷电。足证它是用尽全身之力，为食物而拼命了。凡此种种丑态在我们的鸭子全然没有。鸭子，即使人们忘了喂食，仍是摇摇摆摆地自得其乐。这不是最可爱的动物吗？

这两只鸭，我决定养它们到老死。我想准备一只笼子，将来好关进笼里，带它们坐轮船，穿过巴峡巫峡，经过汉口南京，一同回到我的故乡。

楊柳岸曉風殘月

大艺术家的孙子做骗子[①]

前几天我偶然披阅《时报》,看见"伪造名画发觉"的一个题目下,记着这样的一段新闻:

五日伦敦电:十九世纪法国名画家作品,顷发觉有人伪造。其主动者即为名画家米莱(米勒)氏之孙,由著名摹仿家卡齐安氏代为摹拟古人款识。据闻此种赝品,多已经过鉴别家敏锐目光,流入全世界公私收藏之中。以是两人获钱不少。此次因伦敦古董商控告米氏犯欺骗罪,警察入室搜查,见卡氏方在一假画上摹拟款识。乃详细搜索,竟抄出绘成未售之赝画数十张。及逮入警署,两人俱直认不讳,并称巴白仲(巴比松)地方米莱博物院内,所藏之画,

---

① 本篇曾载1930年《现代文学》第1卷第1期。——编者注

全为彼所摹拟。现料此讯一传，世界收藏家与古董商，将大起恐慌，尤以英国为甚。因其博物院数家，曾出骇人巨款购置赝品数十张云。

（国民社）（一九三〇年五月）

"名画家米莱"的下面没有注原文，我起初不能确定其为哪一位米莱。但看到下面的"巴白仲地方米莱博物院"云云，推想起来一定是十九世纪中鼎鼎大名的法国大画家 John Francois Millet（米勒）（1814—1875）。我在《西洋美术史》上是译作"米叶"的。

米叶是近世画史上的主要人物；又如罗曼·罗兰的《米叶传》中所说，"米叶的人格是十九世纪的一奇迹"。欢喜西洋画的人，恐怕没有一位不曾见过米叶的作品——《晚钟》《拾穗》《初步》等。关心于艺术的人，恐怕没有一位不知道画家米叶与音乐家裴德芬（贝多芬）是近世西洋艺术界的两大伟人。

"米叶的孙子做骗子。"这句话使人听了发生异常的感觉。我起初看到，也深为慨叹。我回想米叶的人格何等高尚，精神何等伟大，生活何等努力，作品何等优秀！又想起了他的祖母的庭训何等严峻：

一辈子率真

"要我见你违背神训,宁愿见你死!"

"你要做画家,须先做基督徒!"

"为永远而作画!"

米叶为了遵守这几句庭训,消受了全生涯的辛酸。甚至绝粮,自杀,终于吐血,失明,在贫困孤独中默默地死去。——这是因为当时的人不理解他的艺术,而竟尚浮靡奢侈的绘画,但他不肯屈志迎合俗好,以图饱暖。宁愿死于冻馁,以遵祖母的明训而全伟大的人格,然而一生涯的辛酸,米叶已足足地消受了。

在这样的家学渊源中,产生了一个造假画的骗子,真是"天道无知!"

但我后来仔细一想,恍然大悟:"不错,不错,天道是有知的!"我记得米叶作《拾穗》的那一年,穷得常常绝粮,有一次几乎自杀。为饥寒所迫,把心血所变成的杰作《拾穗》求售于人,幸蒙怜惜,换了七个(?)法郎,暂充饥肠。又记得作《晚钟》的那一年,他家里只剩二三日的食粮。他的夫人又将生产。他的友人送些周恤金来,看见他饿着肚子枯坐在箱子上,正在束手无策。《晚钟》的杰作告成以后,没有一人来赏识一下,更没有一人肯为这画破费一个铜板。

然而米叶死后数十年,《拾穗》为世间收藏家所争购,代价不知数千金镑。《晚钟》更为名贵!初以五十五万三千法郎的代价由美国人购去,后又以七十五万法郎由法国人赎回,珍藏在巴黎的美术馆中,现已成为"无价之宝"了。

卖画的钱,都是别人得的;画的作者,饭都没有吃饱。别人太便宜,米叶氏一家太吃亏了。玉皇大帝的功过册上分明记录着这笔帐,现在特差米叶的孙子来收回。从前米叶惨淡经营,不曾受到应得的报酬;现在米叶的孙子假造名画,坐享了不应得的横财。这不是"天道有知""盈亏有数"的吗?谁说他是骗子?他正是米叶家最争气的好子孙呢!

为祖宗争气的米叶!你的曾祖母的英魂监护着你的左右呢!她正在你耳边叫喊,你听:

"要我见你违背神训,宁愿见你死!"

秋雲

PART4

有情众生

劳者自歌

（十一则）

一[①]

住在乡镇里生病，只得请中医看，吃中国药。都会里的朋友写信来，劝我到上海去进医院。我感谢他，然而没有听他的话。

因为在这里，我这病人的治疗法，算最合理的了。同镇的病人，有的正在那里请巫女看鬼，有的请道士驱邪，或者抬

[①] 此则曾载《劳者自歌》[1934年9月（上海）生活书店初版] 一书。——编者注

泥菩萨到家里来镇魔,差不多天天有敲锣鸣炮送神的声音,送到我的病床上来。我家常送"谢菩萨"份子,家里的工人常常餍足了"谢菩萨夜饭"的酒肉而归来。我生病不请教鬼神而请教中国医生,在这里已算是最合理,最正当,最开通的治法。满足之不暇,哪里还有工夫去讲医术和药质呢?

二[1]

体温天天三十九度,身子天天躺在床里。这也可谓人间寂寥的境地了。然而也还可找求生的欢喜与感兴。

视线所直射的梁木上有一只壁蟢[2]在那里做窠。最初只看见木头上淡淡的一小白点。壁蟢在其周围逡巡徘徊了一天,第二日那白点大了一圈,白了一些,壁蟢又在其旁逡巡徘徊了一天,第三日那白点又大了一圈,又白了一些。这样地经过了五日,梁木上就有了一个圆圆白白的小月亮,壁蟢从此不再见了。

这个小动物,也知道要保存自己的种族,也肯为子孙作

---

[1] 此则曾载《劳者自歌》〔1934年9月(上海)生活书店初版〕一书。——编者注
[2] 壁蟢,即壁钱,也称壁茧。——编者注

牛马。天地好生之德,可谓广大而普遍了。

三[1]

劳者休息的时候要唱几声歌。

他的声音是粗陋的。不合五音六律,不讲和声作曲。非泣非诉,非怨非慕。冲口而出,任情所至。

他的歌是短简的。寥寥数句,忽起忽讫。因为他只有微小的气力,短暂的时间。

他的歌是质朴的,不事夸张,不加修饰。身边的琐事,日常的见闻,断片的思想,无端的感兴,率然地、杂然地流露着。

他原是自歌,不是唱给别人听的。但有人要听,也就让他们听吧。听者说好也不管,说不好也不管。"聋人也唱胡笳曲,好恶高低自不闻。"劳者自歌就同聋人唱曲一样。

---

[1] 第三、四、五则曾载1934年9月1日《良友》第93期。——编者注

四

中国画描物向来不重形似,西洋画描物向来重形似;但近来的西洋画描物也不重形似了。中国画描色向来像图案,西洋画描色向来照自然;但近来的西洋画描色也像图案了。中国画向来重线条,西洋画向来不重线条;但近来的西洋画也重线条了。中国画向来不讲远近法,西洋画向来注重远近法;但近来的西洋画也不讲远近法了。中国人物画向来不讲解剖学,西洋人物画向来注重解剖学;但近来的西洋人物画也不讲解剖学了。中国画笔法向来单纯,西洋画笔法向来复杂;但近来的西洋画笔法也单纯了。中国画向来以风景为主,西洋画向来以人物为主;但近来的西洋画也以风景画为主了,etc.(等等)。自文艺复兴至今日的西洋绘画的变迁,可说是一步一步地向中国画接近。这一篇话其实只要列一个表。

五

我梦见一只大船,在一片茫无涯际的大海上飘摇。船里的乘客,有的人高卧着,有的人闲坐着,有的人站立着,有的人连立脚地都没有,攀住了船沿而荡空着。

为了舱位不均,各处都在那里纷争。有的说高卧的应该让位,有的说闲坐的应该站起来,有的说站立的应该排紧些,有的说荡空的应该放下来,议论纷纷,莫衷一是;声势汹汹,满船鼎沸。就中有少数人提议说:"我们是同船合命,应该大家觉悟,自动地坐均匀来,讨论一个最重大的根本问题:我们这船究竟开往哪里?"但是他们的声音细弱,有的人听不到,有的人听到了,却怪他们迂阔,说现在争舱位都来不及,哪有工夫讨论这种问题?

我在梦中希望他们的声音放大来。不然,我想,要到舱位终于争定了或终于争不均匀的时候,大家才会想起这根本问题来。

六①

猪好像是最蠢最丑恶的东西。上海人骂愚蠢的人为猪猡。

---

① 第六、七、八则曾载1934年10月20日《人间世》第14期。——编者注

西洋画中描写猪的极少,中国画好像从来不曾描过猪。但日本画家中,却有关于画猪的逸话:名画家应举,欲写卧猪图,托一村妪留心找模特儿。一日,妪来报有猪卧树下,请速去画,应举匆匆携画具往,摹写一幅而归。翌日,有山乡老农来,应举出画示之。老农说,此非卧猪乃死猪,应举不信,驰往村妪处观之,见猪仍卧树下,果死猪也。

应举是有名的写实画家。这逸话正是表明他的写实手腕的高妙的。但我觉得那老农比画家更可佩服。画家只会依样描写,连死活都勿得知。

七

从茶楼上望下来,看见对面的水门汀上坐着一个丐婆和她的两个孩子。那丐婆蓬头垢面,伸长了头颈,打起了江北白叫苦求乞。那两个孩子一个大约七八岁,一个大约三四岁,身上都一丝不挂,在她母亲旁边的水门汀上,匍匐着,并且跟着他母亲的声音号啕。我只听见"老爷……太太……"别的话我都听不懂。

我注意那三四岁的孩子的皮肤很白嫩,和乳母车里的孩子差不多。

一个穿新皮鞋的洋装青年从水门汀的一端走来,他的履声尖锐强烈而均匀,好像为丐婆的哭声按拍的檀板声。他昂首向天,经过丐婆之旁。

我亲看见那白嫩的小脚趾被那新皮鞋踏了一脚,小乞丐大哭失声。但那丐婆只管继续号帐,没有知道这事。

八

在经营画面位置的时候,我常常感到绘画中物体的重量,另有标准,与实际的世间所谓轻重迥异。

在一切物体中,动物最重。动物中人最重,犬马等次之。故画的一端有高山丛林或大厦,他端描一个行人,即可保住画的均衡。

次重的是人造物。人造物能移动的最重,如车船等是。固定的次之,如房屋桥梁等是。故在山野的风景画中,房屋车

船等常居画面的主位。

最轻的是天然物。天然物中树木最重,山水次之,云烟又次之。故树木与山可为画中的主体,而以水及云烟为主体的画极少。云烟山水树木等分量最轻,故位在画的边上不成问题。家屋舟车就不宜太近画边,人物倘描在画的边上了,这一边分量很重,全画面就失却均衡了。

九①

黑猫衔了正在哺乳的母老鼠去,剩下四只刚才出世的小老鼠在屉斗角里,被工人发见了,双手捧出来给我看。

我看见一团乱纸屑里,裹着四只粉红色的小老鼠。浑身无毛,两眼微开,形似四粒会颤动的花生米。"可怜!这么大就没有了保护者。怎么办呢?"我不自知地感慨,怜惜,似将设法救济了。工人讥讽地笑道:"这是'老鼠'呀!有什么可怜呢?"我又不自知地跟着他说道:"啊,这是'老鼠!'"

---

① 第九、十、十一则曾载1937年11月21日《宇宙风》第52期。——编者注

他以为我已被他提醒,就捧着小老鼠得意地走了。

我也知道老鼠是害虫,然而感慨怜惜不已。因为这光景使我联想起最近的惨闻:乱机轰炸嘉兴车站上的难民,弹片削去了一个母亲的头,尸体不倒,膝下的婴儿还在牵衣,怀中的襁褓还在吃奶。

原来我所感慨而怜惜的,不是老鼠本身,而是老鼠所象征的人生。戒杀护生,皆当不失此旨。不然,今恩足于及禽兽,而功不至于同类者,独何欤?

十

得失与祸福,有时表里相反。例如日本用飞机载许多炸弹到中国各地轰炸,似是中国之大祸,实则每个炸弹都是唤起中国民众的一架警钟。未被轰炸的地方,多数民众不识炸弹为何物,因而不能想象被侵略之苦痛与作亡国奴的滋味,还想照旧安居乐业,养生丧死呢。等到亲眼看见了敌人侵略的手腕,

白髮鑷不盡
根在愁腸中

子愷畫

方才切身地感动，彻底地觉悟。群起抗敌，敌无不克。因为众志所成的城，是炸弹所不能破坏的。

所以日本在中国所投炸弹虽多，我还嫌其太少。最好在全国各市镇的空地上各投一个，打碎几块石头，飞起几只树根来给我们的民众看看。那时日本仿佛奉送中国各地一架警钟，唤起四万万民众来征伐日本。在日本是偷鸡蚀米，在中国是因祸得福。我们真要感谢日本呢。

十一

某家庭中几乎每天相骂。老主人交易所少赚了些，见人就骂。老太太放了坍账，拼命地打丫头。大少爷二少爷每次从上海寄东西来，大少奶奶二少奶奶必然和公婆相骂一场。三小姐每逢要做一件新衣裳，必然啼哭几场，或者断食一顿。一年三百六十六日之内，几乎没有安宁的日子。

自从今年八月十三以来，这家庭忽然和睦了。为的是中日战争突发，老主人的大批囤货沦入虹口战区；老太太的存款被银行扣留不发；大少爷的公司全部被焚，二少爷托故请假归家，在松江车站吃了一颗敌机的枪弹，跷着脚逃回，又被当局开除了差使；三小姐不再上杭州上海去剪衣料，看电影。因此一家团聚，融融洽洽。每天只要敌机不来，败兵不到，就大家心平气和，各无异言，更无相骂的余兴了。

我想，现在正是这家庭的最和平幸福的时代。因为到了中国决胜，百业恢复之后，恐怕他们又要每天相骂，没有安宁的日子了。

四篇短文

猎人[①]
——戒贪心务寡欲

秋高风厉,草木枯落。猎人裹糇粮,挟弓矢,入山觅兽踪迹。半日,若无所获,倦坐石上,意甚懊丧。忽见草间兔睡方酣,大喜过望。将弯弓射之。俄有鹿过高原,猎人见鹿之大也,遂舍兔而逐鹿,鹿行困速,相距又远,不之及,亟

[①] 本篇和下面的《怀夹》《藤与桂》《捕雀》等四篇短文,曾载1914年2月《少年杂志》第4卷第2期"儿童创作园地"栏,署名:丰仁。这是迄今发现的作者最早发表的作品。——编者注

而取兔,则兔已醒而逸矣,大恨而归。丰仁曰:贪心一起,每易失败,寄语少年,勿如猎人之两无所得也;斯可矣。

怀夹
——戒诈伪务正直

某儿性钝,读书苦不能熟,每受师责;乃将日间所读之书,夜抄出之,明日怀以上课,私自取观,所答无一谬者。儿大喜,于是每日如此,迨行毕业试验,先生将数年之所授,约略举问。某儿无怀夹,瞠目不能答一题,竟至曳白。先生省其伪,斥令退学。某儿既退学,父母责之,同学轻之,惭愧无地,然已莫及矣。丰仁曰:天下欺人之事,适所以自欺,向使某儿人一能者己十之,人十能者己千之,何患不能如人哉!乃不此之务,一期作伪,遗憾终身,夫亦可哀也已。

藤与桂
——戒依赖务自立

青藤盘于古屋之上,自以为得计也,俯视屋左老桂,笑而谓之曰:"君具其昂昂之干,何自甘于卑污,日与儿卉伍乎?我虽柔如棉絮,而力能攀附,竟得凭空而上,悠然四顾,无有能与我并之者,君亦可谓不善自谋矣。"桂不以答。已而屋倾,压藤且断。桂乃笑谓之曰:"君固善于自谋,今日何之若此?"藤惭无藏身地,遂愤而死。丰仁曰:人无自立之精神,惟以依赖为事,鲜有不失败者。吾辈少年,其慎思之。

捕雀
——戒移祸务爱群

猎人罗得一雀,将杀之。雀哀鸣乞命曰:"君能纵吾,吾将诱吾之群入汝罗以报。"猎人笑释之。已而雀固诱其群至,猎人张其罗,并捕之,雀竟与群同死。丰仁曰:猎人固属太忍,然如此雀之居心不良,乌可存于天地间哉!故杀之者,猎人焉,非猎人也。

兒童飽飯黃昏後
短笛橫吹嚮不歸

子愷

三娘娘[1]

我的船停泊在小桥埭的小杂货店的门口,已经三天了。每次从船舱的玻璃窗中向岸上眺望,必然看见那小杂货店里有一位中年以上的妇人坐在凳子上"打绵线"。后来看得烂熟,不须写生,拿着铅笔便能随时背摹其状。我从她的样子上推想她的名字大约是三娘娘。就这样假定。

从船舱的玻璃窗中望去,三娘娘家的杂货店只有一个板橱和一只板桌。板橱内陈列着草纸,蚊虫香和香烟等。板桌上排列着四五个玻璃瓶,瓶内盛着花生米糖果等。还有一只黑猫,

---

[1] 本篇曾载1934年7月1日《文学》月刊。编入1957年版《缘缘堂随笔》时作者有所改动,现仍按旧版。——编者注

有时也并列在玻璃瓶旁。难得有一个老人或一个青年在这店里出现,常见的只有三娘娘一人。但我从未见过有人来三娘娘的店里买物。每次眺望,总见她坐在板桌旁边的独人凳上,打绵线。

午后天下雨。我暂不上岸,靠在船窗上吃枇杷。假如我平生也有四恨,枇杷有核该是我的四恨之一。我说水果中枇杷顶好吃。可惜吃的手续麻烦。堆了半桌子的皮和核,弄脏了两手。同吃蟹相似,善后甚是吃力。但靠在船窗上吃,省力得多。皮和核可随时抛在水里,决没有卫生警察来干涉。即使来干涉,我可想出理由来辩解:枇杷叶是药,枇杷核和皮或者也有药力。近来水面上浮着死猪,死羊,死狗,死猫很多,加了这药力或者可以消毒,有益于公众卫生。这般说过之后,卫生警察一定"马马虎虎"。

以前我只是向窗中探首一望,瞥见三娘娘的刹那间的姿态而已。这回因吃枇杷,久凭窗际,方才看见三娘娘的打绵线的能干,其技法的敏捷,态度的坚忍,可以使人吃惊。都会里的摩青与摩女〔注:日本人略称 modern boy(摩登男青年)为 moba,略称 modern girl(摩登女郎)为 moga[①],今仿此〕。恐怕没有知道"打绵线"为何物;看了

[①] moba,moga 皆英语发音之简化。——编者注

我这幅画,将误认为打弹子,放风筝,抽陀螺,亦未可知。我生长在穷乡,见惯这种苦工,现在可为不知者略道之:这是一架人制的纺丝机器。在一根三四尺长的手指粗细的木棒上,装一个铜叉头,名曰"绵叉梗",再用一根约一尺长的筷子粗细的竹棒,上端雕刻极疏的螺旋纹,下端装顺治铜钿(康熙,乾隆铜钿亦可)十余枚,中间套一芦管,名曰"锤子"。纺丝的工具,就是绵叉梗和锤子这两件。应用之法,取不能缫丝的坏茧子或茧子上剥下来的东西,并作绵絮似的一团,顶在绵叉梗上的铜叉头上。左手持绵叉梗,右手扭那绵絮,使成为线。将线头卷在锤子的芦管上,嵌在螺旋纹里。然后右手指用力将竹棒一旋,使锤子一边旋转,一边靠了顺治铜钱的重力而挂下去。上面扭,下面挂,线便长起来。挂到将要碰着地了,右手停止扭线而捉取锤子,将线卷在芦管上。卷了再挂,挂了再卷,锤子上的线球渐渐大起来。大到像上海水果店里的芒果一般了,便可连芦管拔脱,另将新芦管换上,如法再制。这种芒果般的线球,名曰绵线。用绵线织成的绸,名曰绵绸:像我现在身上所穿的衣服,正是由三娘娘之类的人的左手一寸一寸地扭出来而一寸一寸地卷上去的绵线所织成的。近来绵绸大贱,每尺只卖一角多钱。据说,照这价钱合算起工资来,像三娘娘这样勤劳地一天扭到晚,所得不到十个铜板。但我想,假如用"勤劳"的国土里的金钱来定起工价来,这样纯熟的技能,这样忍苦的劳作,定他每天十个金镑,也不算过多呢。三娘娘的操持绵叉梗的手,比闲人们打弹子的手更为稳固;扭绵线的手,比闲人们放风筝的手更为敏捷;旋锤子的手,比闲人们抽陀螺的手更为有力。打一个弹子可赢得不少的洋钱,打一天绵线赚不到十个铜板。如使三娘娘欲富,应该不打绵线打弹子。

三娘娘为求工作的速成,扭的绵线特别长,要两手向上攀得无可再高,锤子向下挂得比她的小脚尖还低,方才收卷。线长了,收卷的时候两臂非极度向左右张开不可。看她一挂一卷,手臂的动作非常辛苦!一挂一卷,费时不到一分钟;假定她每天打绵线八小时,统计起来,她的手臂每天要攀高五六百次,张开五六百次。就算她每天赚得十个铜板,她的手臂要攀五六十次,张五六十次,还要扭五六十通,方得一个铜板的酬报。

黑猫端坐在她面前,静悄悄地注视她的工作,好像在那里留心计数她的手臂的动作的次数。

白采[①]

今年正月初六的上午,忽然白采君冒雨到我家来道别。说即晚要上船赴厦门集美学校,又讲了许多客气的话。我和白采君虽然在立达同事半年,因为我有无事不到别人房间里或家里的癖,他也沉默不大讲话,每天在教务室会见时只是点头一笑,或竟不打招呼,故我对他很生疏。这一天他突然冒雨来道别,使我发生异常的感觉:我懊恼从前不去望望他,同他谈谈,如今他要去了,我又感激他对我的厚意,惭愧我对他的冷淡。他穿着浑身装点小水晶球似的雨点的呢大衣,弯着背坐在藤椅上。我觉得在教务室中寻常见惯的白采君的

[①] 本篇曾载1926年10月《一般》杂志第1卷第2号。署名:子恺。——编者注

姿态,今日忽然异常的可亲可爱了!我的热情涌了起来,立刻叫人去沽酒办肴,为他饯别。他起初不允,我留之再三,他才答允。他自己说不大会喝酒,但这一次总算尽量,喝了一满碗。我送他出门时,他用他的通红的老鹰式的大鼻头向我点了好几次而去。

暑假中的某日,我在从故乡到上海的火车中坐得气闷了,偶然买一份《申报》来翻。素不看报的我,无心去读专电或时评,只是看看本埠小新闻,就不要了。已把报纸丢在对座的椅子下面,偶然视线落在那报纸上的"白采家族戚友鉴"的几个大字上。重番拾起来看,才知是白采君死在从广东来的轮船上,立达学园为他料理后事,登报通知他的家族戚友。我不肯立刻相信这就是我所认识的白采!仔细再读,到无可疑议了的时候,我半晌如入梦中,感到了无限的惊讶与悲哀。我偶然认识白采君,偶然与他同事,偶然为他饯别,今又从偶然中得到他的最后的消息!

我回学园后,检阅他的遗稿,见油印的讲义上有一段日记:"元宵初六,醉别于丰子恺家,雨中登舰……"他记念着我家的饯别。我觉得回想中的白采比前日坐在藤椅上的愈

PART4 有情众生

加可亲爱了！我的热情又涌起来。就写了这篇短文，以代永远的饯别。

胡桃云片[1]

凭窗闲眺,想觅一个随感的题目。

说出来真觉得有些惭愧:今天我对于展开在窗际的"一·二八"战争的炮火的痕迹,不能兴起"抗日救国"的愤慨,而独仰望天际散布的秋云,甜蜜地联想到松江的胡桃云片。也想把胡桃云片隐藏在心里,而在嘴上说抗日救国。但虚伪还不如惭愧些吧。

三四年前在松江任课的时候,每星期课毕返上海,黄包车经过望江楼隔壁的茶食店,必然停一停车,买一尺胡桃云片带回去吃。这种茶食是否松江的名物,我没有调查过。

---

[1] 本篇曾载1933年1月16日《东方杂志》第30卷第2号。——编者注

PART4 有情众生

我是有一回同一个朋友在望江楼喝茶，想买些点心吃吃，偶然在隔壁的茶食店里发见的。发见以后，我每次携了藤箧坐黄包车出城的时候必定要买。后来成为定规，那店员看见我的车子将停下来，就先向橱窗里拿一尺糕来称分量。我走到柜上，不必说话，只须摸出一块钱来等他找我。他找我的有时两角小洋，有时只几个铜板，视糕的分量轻重而异。每月的糕钱约占了我的薪水的十二分之一。我为什么肯拿薪水的十二分之一来按星期致送这糕店呢？因为这种糕实有使我欢喜之处，且听我说：

云片糕，这个名词高雅得很。云片二字是糕的色彩形状的印象的描写。其白如云，其薄如片，名之曰云片，真是高雅而又适当。假如有一片糕向空中不翼而飞，我们大可用古人"白云一片去悠悠"之句来题赞这景象。但我还以为这名词过于象征了些。因为糕的厚薄固然宜于称片，但就糕的轮廓的形状上看，对于上面的云字似觉不切。这糕的四边是直线，四根直线围成一个长方形。用直线围成的长方形来比拟天际缭绕不定的云，似乎过于象征而有些牵强了。若把云片二字专用于胡桃云片上，那么我就另有一种更有趣味的看法。

胡桃云片,本是加有胡桃的云片糕的意思。想象它的制法,大约是把一块一块的胡桃肉装入米粉里,做成一段长方柱形,然后用刀切成薄薄的片。这样一来,每一片糕上都有胡桃肉的各种各样的切断面的形状。胡桃肉的形体本是非常复杂,现在装入糕中而切成片子,就因了它的位置、方向,及各部形体的不同,而在糕片上显出变化多样的形象来。试切下几片糕来,不要立刻塞进口里,先来当作小小的画片观赏一下。有许多极自然的曲线,描出变化多样的形象,疏疏密密地排列在这些小小的画片上。倘就各个形象看:有的像果物,有的像人形,有的像鸟兽,还有许多像台湾。就全体看:有时像蠹鱼钻过的古书,有时像别的世界的地图,有时像古代的象形文字,然而大都疏密无定,颇像现在窗外的散布着秋云的天空。古人诗云:"人似秋云散处多。"秋天的云,大都是一朵一朵地分散而疏密无定的。这颇像胡桃云片上的模样。故我每吃胡桃云片便想起秋天,每逢秋天便想吃胡桃云片。根据了这看法而称这种糕曰"胡桃云片",岂不更为雅致适切而更有趣味吗?

松江人似乎曾在胡桃云片上发见了这种画意的。他们所制的糕,不像别处的产物似的仅在云片中嵌入胡桃肉,他们在糕的四周用红色的线条作一黄金律的缘,而把胡桃的断面装点在这缘线内。这宛如在一幅中国画上加了装裱,或是在一幅西洋画上加了镜框,画的意趣更加焕发了。这些胡桃肉受了缘的隔离,已与实际的世间绝缘,不复是可食的胡桃肉,而成为独立的美的形体了。

因这缘故,松江的胡桃云片使我特别欢喜。辞了松江的教职以后,我不能常得这种胡桃糕,但时时要想念它——例如今天凭窗闲眺而望天际散布的秋云的时候。读者也许要笑:"你在想吃松江胡桃糕,何必絮絮叨叨地说出这一大篇!"不,不,我要吃糕很容易:到江湾街上去买两百文胡桃肉,七个铜板云片糕,拿回家来用糕包裹胡桃肉,闭了眼睛塞进嘴里,嚼起来味道和松江胡桃云片完全一样。我的想念松江胡桃云片,是为了想看。至少,半是为了想看,半是为了想吃。若要说吃,我吃这种糕是并用了眼睛和嘴巴而吃的。

我们中国的市上,仅用嘴巴吃的东西太多了。因此使我拿薪水的十二分之一来按星期致送松江的糕店,又使我在江湾的窗际遥遥地想念松江的胡桃云片。我希望我国到处的市上,并用眼睛和嘴巴来吃的东西渐渐多起来。不但嘴吃的东西,身体各部所用的东西,也都要教眼睛参加进去才好。我又希望我国到处的市上,并用眼睛和身体来用的东西也渐渐多起来。

蜜蜂

正在写稿的时候,耳朵近旁觉得有"嗡嗡"之声,间以"得得"之声。因为文思正畅快,只管看着笔底下,无暇抬头来探究这是什么声音。然而"嗡嗡""得得",也只管在我耳旁继续作声,不稍间断。过了几分钟之后,它们已把我的耳鼓刺得麻木,在我似觉这是写稿时耳旁应有的声音,或者一种天籁,无须去探究了。

等到文章告一段落,我放下自来水笔,照例伸手向罐中取香烟的时候,我才举头看见这"嗡嗡""得得"之声的来源。原来有一只蜜蜂,向我案旁的玻璃窗上求出路,正在那里乱撞乱叫。

PART4 有情众生

我以前只管自己的工作，不起来为它谋出路，任它乱撞乱叫到这许久时光，心中觉得有些抱歉。然而已经挨到现在，况且一时我也想不出怎样可以使它钻得出去的方法，也就再停一会儿，等到点着了香烟再说。

我一边点香烟，一边旁观它的乱撞乱叫。我看它每一次钻，先飞到离玻璃一二寸的地方，然后直冲过去，把它的小头在玻璃上"得，得"地撞两下，然后沿着玻璃"嗡嗡"地向四处飞鸣。其意思是想在那里找一个出身的洞。也许不是找洞，为的是玻璃上很光滑，使它立脚不住，只得向四处乱舞。乱舞了一回之后，大概它悟到了此路不通，于是再飞开来，飞到离玻璃一二寸的地方，重整旗鼓，向玻璃的另一处地方直撞过去。因此"嗡嗡""得得"，一直继续到现在。

我看了这模样，觉得非常可怜。求生活真不容易，只做一只小小的蜜蜂，为了生活也须碰到这许多钉子。我诅咒那玻璃，它一面使它清楚地看见窗外花台里含着许多蜜汁的花，以及天空中自由翱翔的同类，一面又周密地拦阻它，永远使它可望而不可即。这真是何等恶毒的东西！它又仿佛是一个骗子，把窗外的广大的天地和灿烂的春色给蜜蜂看，诱它飞来。等到它飞来了，却用一种无形的阻力拦住它，永不使它出头，或竟可使它撞死在这种阻力之下。

因了诅咒玻璃，我又羡慕起物质文明未兴时的幼年生活的诗趣来。我家祖母年年养蚕。每当蚕宝宝上山的时候，堂前装纸窗以防风。为了一双燕子常要出入，特地在纸窗上开一个碗来大的洞，当作燕子的门，那双燕子似乎通人意的，来去时自会把翼稍稍敛住，穿过这洞。这般情景，现在回想了使我何等憧憬！假如我案旁的窗不用玻璃而换了从前的纸窗，我们这蜜蜂总可钻得出去。即使撞两下，也是软软的，没有什么苦痛。求生活在从前容易得多，不但人类社会如此，连虫类社会也如此。

我点着了香烟之后就开始为它谋出路。但这是一件很不容易的事。叫它不要在这里钻，应该回头来从门里出去，它听不懂我的话。用手硬把它捉住了到门外去放，它一定误会我要害它，会用螫反害我，使我的手肿痛得不能工作。除非给它开窗；但是这扇窗不容易开，窗外堆叠着许多笨重的东西，须得先把这些东西除去，方可开窗。这些笨重的东西不是我一人之力所能除去的。

PART4 有情众生

于是我起身来请同室的人帮忙,大家合力除去窗外的笨重的东西,好把窗开了,让我们这蜜蜂得到出路。但是同室的人大家不肯,他们说:"我们做工都很疲倦了,哪有余力去搬重物而救蜜蜂呢?"我顿觉自己也很疲倦,没有搬这些重物的余力,救蜜蜂的事就成了问题。

忽然门里走进一个人来和我说话。为了不能避免的事,我立刻被他拉了一同出门去,就把蜜蜂的事忘却了。等到我回来的时候,这蜜蜂已不见。不知道是飞去了,被救了,还是撞杀了。